비워둔 자리이고 싶습니다

나태주가 사랑한 나태주의 시 240편

비워둔 자리이고 싶습니다

나태주 시선집

인쇄일 | 2023년 8월 21일
발행일 | 2023년 8월 25일

지은이 | 나태주
펴낸이 | 김명수
펴낸곳 | 도서출판 시아북(詩芽Book)
출판등록 | 2018년 3월 30일
주소 | 대전광역시 동구 선화로214번길 21(3F)
전화 | (042) 477-8885, 254-9966
팩스 | (042) 367-2915
E— mail | siab9966@daum.net

값 15,000원
ISBN 979-11-91108-77-4(03810)

나태주 시선집

비워둔 자리이고 싶습니다

나태주가 사랑한 나태주의 시 240편

선한 영향력. 그것은 오늘날과 같이 살기 각박하고 마음이 막막한 시절에 더욱 필요하고 그리운 인간의 마음이요 덕성이다. 그러하다. 이 시집이 세상에 선한 영향을 드렸으면 하는 마음 간절하다.

시아북
詩芽BOOK

선한 영향력을 위하여

대전에서 도서출판 시아북을 운영하는 김명수 시인은 나로서는 반세기도 넘는 오랜 세월 동안 우정을 나누며 지낸 글벗이다.

그런 까닭으로 이번에 새로운 시선집 원고 한 권을 그에게 드리기로 했다. 마침 8월 말에는 나의 시 「대숲 아래서」를 돌에 새겨 막동리 고향 집에 시비로 세우는 일이 있다. 시비 세우는 일 또한 김명수 시인이 수고해서 이루어진 일이라 곁으로 고마운 마음이 아닐 수 없다.

우선은 시비 세우는 날, 오신 손님들에게 선물로 드리고, 더불어 시중의 서점에 보내어 판매도 하겠다는 의도가 있다. 부디 이 책이 독자분들에게 잘 선택되고 읽혀서 피차간 좋은 영향을 주었으면 싶다.

선한 영향력. 그것은 오늘날과 같이 살기 각박하고 마음이 막막한 시절에 더욱 필요하고 그리운 인간의 마음이요 덕성이다. 그러하다. 이 시집이 세상에 선한 영향을 드렸으면 하는 마음 간절하다.

2023년 處暑 무렵

나태주 씁니다.

2부 | 들길을 걸으며

3부 | 꽃 피우는 나무

5부
|
참말로의 사랑은

6부 | 너를 두고

1부

대숲아래서

1

내장산 단풍

내일이면 헤어질 사람과
와서 보시오,

내일이면 잊혀질 사람과
함께 보시오,

왼 산이 통째로 살아서
가쁜 숨 몰아쉬는 모습을.

다 못 타는 이 여자의
슬픔을…….

대숲 아래서

1
바람은 구름을 몰고
구름은 생각을 몰고
다시 생각은 대숲을 몰고
대숲 아래 내 마음은 낙엽을 몬다.

2
밤새도록 댓잎에 별빛 어리듯
그슬린 등피에는 네 얼굴이 어리고
밤 깊어 대숲에는 후둑이다 가는 밤 소나기 소리.
그리고도 간간이 사운대다 가는 밤바람 소리.

3
어제는 보고 싶다 편지 쓰고
어젯밤 꿈엔 너를 만나 쓰러져 울었다.
자고 나니 눈두덩엔 메마른 눈물자죽,
문을 여니 산골엔 실비단 안개.

>

4

모두가 내 것만은 아닌 가을,
해 지는 서녘구름만이 내 차지다.
동구 밖에 떠드는 애들의
소리만이 내 차지다.
또한 동구 밖에서부터 피어오르는
밤안개만이 내 차지다.

하기는 모두가 내 것만은 아닌 것도 아닌
이 가을,
저녁밥 일찍이 먹고
우물가에 산보 나온
달님만이 내 차지다.
물에 빠져 머리칼 헹구는
달님만이 내 차지다.

가을 서한

1
끝내 빈손 들고 돌아온 가을아,
종이 기러기 한 마리 안 날아오는 비인 가을아,
내 마음까지 모두 주어버리고 난 지금
나는 또 그대에게 무엇을 주어야 할까 몰라.

2
새로 국화 잎새 따다 수놓아
새로 창호지문 바르고 나면
방안 구석구석까지 밀려 들어오는 저승의 햇살.
그것은 가난한 사람들만의 겨울 양식.

3
다시는 더 생각하지 않겠다,
다짐하고 내려오는 등성이에서
돌아보니 타닥타닥 영그는 가을 꽃씨 몇 옴큼.
바람 속에 흩어지는 산 너머 기적 소리.

>

4

가을은 가고
남은 건
바바리코트 자락에 날리는 바람
때 묻은 와이셔츠 깃.

가을은 가고
남은 건
그대 만나러 가는 골목길에서의
내 휘파람 소리.

첫눈 내리는 날에
켜질
그대 창문의 등불빛
한 초롱.

4

빈손의 노래

1

가을에는 빈 뜨락을
거닐게 하소서.

맨발 벗은 구름 아래
괴벗은* 마음으로
주머니에 손을 찌르고 들길을 돌아와
끝내 빈손이게 하소서.

가을에는 혼자 몸져 앓아누워
담장 너머 성한 사람들 떠드는 소리
귀동냥해 듣게 하소서.

무너져 내린 꽃밭 귀퉁이
아직도 분명 불타고 있을 사르비아꽃 대궁이에
황량히 쌓이고 있을
이국의 햇볕이나
속맘으로 요량해 보게 하소서.

2

들판이 자꾸 남루를
벗기 시작하는데,
나무들이 자꾸 그 부끄러운 곳을
드러내 보이기 시작하는데,

내 그대 위해 예비한 건
동산 위에 밤마다 솟는
저 임자 없는 달님뿐이다.
새로 바른 문풍지에 새어나오는
저 아슴한 불빛 한 초롱뿐이다.

누군가의 어깨가 어둠 속으로 사라져 가는데,
누군가의 발자국이 어둠 속에서 돌아오는데,

이 가을 다 가도록
그대 위해 예비한 건
가늘은 바람 하나에도 살아 소근대는
대숲의 저 작은 노래뿐이다.

아침마다 산에 올라
혼자 듣다 돌아오는

키 큰 소나무
머리칼 젖은 송뢰뿐이다.

3
애당초 아무것도
바라지 말았어야 했던 걸 모르고
너무 많은 걸 꿈꾸다가
너무 많은 걸 찾아다니다가
아무것도 찾지 못하고 만
이제 또 가을.

문지방에 풀벌레 소리
다 미쳐 왔으니
염치없는 손으로
어느 들녘에 가을걷이하러 갈까?

허나, 더 늦기 전에
나도 들로 내려
드디어 낭자히 풀벌레 소리 강물 된 옆에
실개천 물소리 되어 따라 흐르다가
허리 부러진 햇살이나

주머니에 가득 담아가지고
한나절 훙얼훙얼 돌아올거나.

오는 길에 그래도
해가 남으면
산에 올라 들국화 몇 송이 꺾어 들고
저승의 바닷비린내 묻어오는
솔바람 소리나 두어 마지기 빌려다가
내 작은 뜨락에
내 작은 노래시켜볼거나.

* 괴벗은 : 〈헐렁한, 풀어진 듯한〉의 뜻.

들국화

1
울지 않는다면서 먼저
눈썹이 젖어

말로는 잊겠다면서 다시
생각이 나서

어찌하여 우리는
헤어지고 생각나는 사람들입니까?

말로는 잊어버리마고
잊어버리마고……

등피
아래서.

2
살다 보면 눈물날 일도

많고 많지만
밤마다 호롱불 밝혀
네 강심江心에 노를 젓는
나는 나룻배.

아침이면
이슬길 풀섶길 돌고 돌아
후미진 곳
너 보고픈 마음에
하얀 꽃송이 하날 피웠나부다.

6

등 너머로 훔쳐 듣는 대숲바람 소리

등 너머로 훔쳐 듣는 남의 집 대숲바람 소리 속에는
밤 사이 내려와 놀던 초록별들의
퍼렇게 멍든 날갯죽지가 떨어져 있다.
어린 날 뒤울안에서
매 맞고 혼자 숨어 울던 눈물의 찌꺼기가
비칠비칠 아직도 거기
남아 빛나고 있다.

심청이네집 심청이
빌어먹으러 나가고
심봉사 혼자 앉아
날무처럼 끄들끄들 졸고 있는 툇마루 끝에
개다리소반 위 비인 상사발에
마음만 부자로 쌓여주던 그 햇살이
다시 눈 트고 있다, 다시 눈 트고 있다.
장승상네 참대밭의 우레 소리도
다시 무너져서 내게로 달려오고 있다.

>

등 너머로 훔쳐 듣는
남의 집 대숲바람 소리 속에는
내 어린 날 여름 냇가에서
손바닥 벌려 잡다 놓쳐버린
발가벗은 햇살의 그 반쪽이
앞질러 달려와서 기다리며
저 혼자 심심해 반짝이고 있다.
저 혼자 심심해 물구나무 서 보이고 있다.

언덕에서

1

저녁때 저녁때
저무는 언덕에 혼자 오르면
절간의 뒤란에 켜지는
한 초롱의 조이등불이 온다.
돌다리 내려 끼울은 석등石燈에 스미는
귀 떨어진 그 물소리,
내게 스민다.
숲의 속살을 탐하다 늦어버린
바람의 늦은 귀가歸家가 온다.

2

아침에 비,
머리칼이 젖고
오후 맑음,
언덕에 올라 앞을 막는 바람 한 줄기.
나무숲에서 새소리 난다.
새소리 끝에 묻어나는 숲의 살내음.

아아, 누구든지 한 사람 만나고 싶다.
누구든지 한 사람 만나고 싶다.

3
오늘은 불타는 그대의 눈
그대의 눈썹.
엷은 풀냄새 나다,
여린 감꽃냄새 나다,
그대 머리칼.

까맣게 잊어먹었던
그대 분홍 손톱에 숨겨진
아직도 하얀 낮달이 한 개.

찾아가다 찾아가다
길 잃고 주저앉은 산골 속
햇볕에 불타는 노오란 산수유꽃길
그대의 눈.

이제사 잠든
대숲바람 소리
그대의 눈썹.

아침

1

밤마다 너는
별이 되어 하늘 끝까지 올라갔다가
밤마다 너는
구름이 되어 어둠에 막혀 되돌아오고

그러다 그러다
그여히
털끝 하나 움쩍 못할 햇무리 안에
갇혀버린 네 눈물자국만,

보라! 이 아침
땅 위에 꽃밭을 이룬
시퍼런 저승의 입설들.

2

끝없이 찾아 헤매다 지친 자여.

>

그대의 믿음이 끝내 헛되었음을 알았을 때
그대는 비로소 한 때의
그대가 버린 눈물과 만나게 되리라.

아직도 귀엽고 사랑스러운
아직은 이루어져야 할
언젠가 버린 그대의 약속들과 만나리라.

자칫 잡았다 놓친
그 날의 그 따스한 악수와
다시 오솔길에 서리라.

돌계단

네 손을 잡고 돌계단을 오르고 있었지.

돌계단 하나에 석등이 보이고
돌계단 둘에 석탑이 보이고
돌계단 셋에 극락전이 보이고
극락전 뒤에 푸른 산이 다가서고
하늘에는 흰 구름이 돛을 달고 마악
떠나가려 하고 있었지.

하늘이 보일 때 이미
돌계단은 끝이 나 있었고
내 손에 이끌려 돌계단을 오르던 너는
이미 내 옆에 없었지.

훌쩍 하늘로 날아가 흰 구름이 되어버린 너!

우리는 모두 흰 구름이에요, 흰 구름.
육신을 벗고 나면 이렇게 가볍게 빛나는

당신이나 저나 흰 구름일 뿐이에요.
너는 하늘 속에서 나를 보며 어서 오라 손짓하며 웃고
나는 너를 따라갈 수 없어 땅에서 울고 있었지.
발을 구르며 땅에 서서 울고만 있었지.

10

숲속에 그 나무 아래

숲속에 그 나무 아래
우리들의 나뭇잎은 떨어져 있을 것이다.
떨어져 썩고 있을 것이다.
그날의 그 우리들의 숨소리, 발자국 소리,
익은 알밤이 되어 상수리나무 열매가 되어
썩은 나뭇잎 아래 싹을 틔우고 있을 것이다.

어차피 우리는 이승에서 남남인 걸요.
마음만 마주 뜨는 보름달일 뿐,
손끝 하나 닿을 수 없는
산드랗게 먼 하늘인 걸요.
안돼요 안돼요 안돼요 안돼요
한사코 흐르는 물소리 물소리……
덤불 속으로 기어드는 저기 저 까투리 까투리……

숲속에 그 나무 아래
우리들의 나뭇잎은
떨어져 쌓여서 썩고 있을 것이다.

새싹을 틔우는 거름이 되고 있을 것이다.
아름다운 우리의 또 다른 여름을
아름다운 우리의 또 다른 가을을 꿈꾸며.
저 혼자서 꿈꾸며.

11

내가 꿈꾸는 여자

1

내가 꿈꾸는 여자는
발가락이 이쁜 여자.
발뒤꿈치가 이쁜 여자.
발톱이 이쁜 여자.

정말로 내가 꿈꾸는 여자는
발가락에 때가 묻지 않은 여자.
발뒤꿈치에 때가 묻지 않은 여자.
발톱에 때가 묻지 않은 여자.

그리고 감옥 속에 갇혀서
다소곳이 기다릴 줄도 아는 발을 가진
그러한 여자.

2

그녀의 발은 꽃이다.
그녀의 발은 물에서 금방 건져낸 물고기다.

그녀의 발은 풀밭에 이는 바람이다.
그녀의 발은 흰 구름이다.

그녀의 발은
내 가슴을 짓이기기 위해서만 존재한다.
그녀의 발 아래서
나의 가슴은 비로소 꽃잎일 수 있다.
그녀의 발 아래서
나의 가슴은 비로소 흰구름일 수 있다.
금방 물에서 건져낸 물고기일 수도 있다.

봄날에

사람아,
피어오르는 흰구름 앞에 흰구름 바라
가던 길 멈추고 요만큼
눈파리하고 서 있는 이것도 실은
네게로 가는 여러 길목의 한 주막쯤인 셈이요,

철쭉꽃 옆에 멍청히
철쭉꽃 바라 서 있는 이것도 실은
네게로 가는 여러 길 가운데
한 길이 아니겠는가?

마치,
철쭉꽃 눈에 눈물 고이도록
바라보고 있노라면
가슴에 철쭉 꽃물이라도 배어 올 듯이,
흰구름 비친 호숫물이라도 하나 고여 올 듯이,

>

사람아,

내가 너를 두고

꿈꾸는 이거, 눈물겨워 하는 이거, 모두는

네게로 가는 여러 방법 가운데

한 방법쯤인 것이다.

숲속의 한 샛길인 셈인 것이다.

13

겨울 흰 구름

아직은 떠나갈 곳이
쬐끔은 남아 있을 듯 싶어,
아직은 떠나온 길목들이
많이는 그립게 생각날 듯 싶어,
초겨울 하늘 구름 바라 섰는 마음.

단발머리 시절엔
나 이담에 죽으면 꼭 흰 구름이 되어야지,
낱낱이 그늘 없는 흰 구름 되어
어디든 마음껏 떠다녀야지,
그게 더도 말고 단 하나의 꿈이었어요.
그렇게 흰 구름이 좋았던 거예요.

허나, 이제 남의 아내 되어
무릎도 시리고 어깨도 아프다는 그대여.
어찌노?
이렇게 함께 서서 걸어도
그냥 섭섭한 우리는 흰 구름인 걸,

그냥 멀기만 한 그대는
안쓰러운 내 처녀, 겨울 흰 구름인 걸…….

14

배회

1
사랑하는 사람아, 너는 모를 것이다.
이렇게 멀리 떨어진 변방의 둘레를 돌면서
내가 얼마나 너를 생각하고 있는가를.

사랑하는 사람아, 너는 까마득 짐작도 못할 것이다.
겨울 저수지의 외곽 길을 돌면서
맑은 물낯에 산을 한 채 비쳐보고
겨울 흰 구름 몇 송이 띄워보고
볼우물 곱게 웃음 웃는 너의 얼굴 또한
그 물낯에 비쳐보기도 하다가
이내 싱거워 돌멩이 하나 던져 깨뜨리고 마는
슬픈 나의 장난을.

2
솔바람 소리는 그늘조차 푸른빛이다.
솔바람 소리의 그늘에 들면 옷깃에도
푸른 옥빛 물감이 들 것만 같다.

>

사랑하는 사람아,
내가 너를 생각하는 마음조차 그만
포로소름 옥빛 물감이 들고 만다면
어찌겠느냐 어찌겠느냐.

솔바람 소리 속에는
자수정 빛 네 눈물 비린내 스며 있다.
솔바람 소리 속에는
비릿한 네 속살 내음새 묻어 있다.

사랑하는 사람아,
내가 너를 사랑하는 이 마음조차 그만
눈물 비린내에 스미고 만다면
어찌겠느냐 어찌겠느냐.

3
나는 지금도 네게로 가고 있다.
마른 갈꽃 내음 한 아름 가슴에 안고

살얼음에 버려진 골목길 저만큼
네모난 창문의 방안에 숨어서
나를 기다리는
빨강 치마 흰 버선 속의 따스한 너의 맨발을 찾아서.
네 열 개 발가락의 잘 다듬어진 발톱들 속으로.

지금도 나는 네게로 가고 있다.
마른 갈꽃송이 꺾어 한 아름 가슴에 안고
처마 밑에 정갈히 내건 한 초롱
네 처녀의 등불을 찾아서.
네 이쁜 배꼽의 한 접시 목마름 속으로
기뻐서 지줄대는 네 실핏줄의 노래들 속으로.

15

보고 싶다

보고 싶다,
너를 보고 싶다는 생각이
가슴에 차고 가득 차면 문득
너는 내 앞에 나타나고.
어둠 속에 촛불 켜지듯
너는 내 앞에 나와서 웃고.

보고 싶었다,
너를 보고 싶었다는 말이
입에 차고 가득 차면 문득
너는 나무 아래서 나를 기다린다.
내가 지나는 길목에서
풀잎 되어 햇빛 되어 나를 기다린다.

들국화 1

바람 부는 등성이에
혼자 올라서
두고 온 옛날은
생각 말자고,
아주아주 생각 말자고.

갈꽃 핀 등성이에
혼자 올라서
두고 온 옛날은
잊었노라고,
아주아주 잊었노라고.

구름이 헤적이는
하늘을 보며
어느 사이
두 눈에 고이는 눈물.
꽃잎에 젖는 이슬.

17

내가 너를

내가 너를
얼마나 좋아하는지
너는 몰라도 된다.

너를 좋아하는 마음은
오로지 나의 것이요,
나의 그리움은
나 혼자만의 것으로도
차고 넘치니까……

나는 이제
너 없이도 너를
좋아할 수 있다.

변방

강물이
강물에 잠긴 조약돌과 모래가
고향으로 가는 좁은 길이
사실은 내 것이 아니라.

하늘에 뜬 흰 구름이
들에 핀 풀꽃이
또 비 맞고 서 있는 산과 나무들이
사실은 네 것도 아니라.

곱게 쓰다 돌려줘야지.
너무 함부로 우악스레 쓰지 말고
이왕 네 것도 내 것도 아닌 바에는
곱게 간직하다 고스란히 돌려줘야지.

누군가 우리가 모르는 사람들에게
우리처럼 강물과 조약돌과
들에 핀 풀꽃과

비 맞고 서 있는 산과 나무를
말없이 좋아하는 미지의 그들에게
고스란히 상처내지 말고 선사해야지.

19

드라이 플라워

음악다방 귀퉁이에
물 없는 항아리에
꽂혀 있는 마른 꽃 한 다발.

한때는 그 꽃을 보고서도
아름답다 말한 적이
있었지.

한때는 이 거리가
환희의 거리 불빛의 거리일 때도
있었지.

그러나 지금 내 마음엔 불이 꺼지고,
네가 앉아 있던 자리엔
모르는 얼굴이 앉고,

음악다방 귀퉁이에
물 없는 항아리에

꽂혀 있는 마른 꽃 한 다발.

한때는 이 자리가
기쁨의 자리 만남의 자리일 때도
있었지.

20

외할머니

시방도 기다리고 계실 것이다,
외할머니는.

손자들이
오나 오나 해서
흰옷 입고 흰 버선 신고

조마조마
고목나무 아래
오두막집에서.

손자들이 오면 주려고
물렁감도 따다 놓으시고
상수리묵도 쑤어 두시고

오나 오나 혹시나 해서
고갯마루에 올라
들길을 보며.

>

조마조마 혼자서
기다리고 계실 것이다,
시방도 언덕에 서서만 계실 것이다,
흰옷 입은 외할머니는.

21

아기 신발 가게 앞에서

세상 살맛
무척이도 없는 날은
길거리 아기 신발 가게를 찾아가
유리창 안에 갇혀진
아기 신발들을 바라본다
조그맣고 예쁘고 고운 아기 신발들에
담겨질 만큼의 사랑과 기쁨과
세상 살 재미들을 요량해 본다
저 신발의 임자는 누구일까……
저 신발을 신고 걸어다닐
조그맣고 보드라운 맨발을 가진
어린 사람은 누구일까……
유리창 너머 풀밭 사잇길로
아기가 웃으며 걸어온다
아기는 구름 모자를 썼다
아기는 바람의 옷을 입었다
아가, 이리 온
소리내어 부르자 아기는 사라지고

차디찬 유리창만이 내 앞을
막아설 뿐.

22

바람이 붑니다

바람이 붑니다
창문이 덜컹댑니다
어느 먼 땅에서 누군가 또
나를 생각하나 봅니다

바람이 붑니다
낙엽이 굴러갑니다
어느 먼 별에서 누군가 또
나를 슬퍼하나 봅니다

춥다는 것은 내가 아직도
숨쉬고 있다는 증거
외롭다는 것은 앞으로도 내가
혼자가 아닐 거라는 약속

바람이 붑니다
창문에 불이 켜집니다

어느 먼 하늘 밖에서 누군가 한 사람
나를 위해 기도를 챙기고 있나 봅니다.

세상에 나와 나는

세상에 나와 나는
아무 것도 내 몫으로
차지하려 하지 않았습니다

꼭 갖고 싶은 것이 있었다면
푸른 하늘빛 한 쪽
바람 한 줌
노을 한 자락

더 욕심을 부린다면
굴러가는 나뭇잎새
하나

세상에 나와 나는
어느 누구도 사랑하는 사람으로
간직해 두고 싶지 않았습니다

>

꼭 사랑하는 사람이 있었다면
단 한 사람
눈이 맑은 그 사람
가슴속에 맑은 슬픔을 간직한 사람

더 욕심을 부린다면
늙어서 나중에도 부끄럽지 않게
만나고 싶은 한 사람
그대.

24

사랑하는 마음 내게 있어도

사랑하는 마음
내게 있어도
사랑한다는 말
차마 건네지 못하고 삽니다
사랑한다는 그 말 끝까지
감당할 수 없기 때문

모진 마음
내게 있어도
모진 말
차마 하지 못하고 삽니다
나도 모진 말 남들한테 들으면
오래오래 잊혀지지 않기 때문

외롭고 슬픈 마음
내게 있어도
외롭고 슬프다는 말
차마 하지 못하고 삽니다

외롭고 슬픈 말 남들한테 들으면
나도 덩달아 외롭고 슬퍼지기 때문

사랑하는 마음을 아끼며
삽니다
모진 마음을 달래며
삽니다
될수록 외롭고 슬픈 마음을
숨기며 삽니다.

25

비단강

비단강이 비단강임은
많은 강을 돌아보고 나서야
비로소 알겠습디다

그대가 내게 소중한 사람임은
더 많은 사람들을 만나고 나서야
비로소 알겠습디다

백 년을 가는
사람 목숨이 어디 있으며
50년을 가는
사람 사랑이 어디 있으랴……

오늘도 나는
강가를 지나며
되뇌어 봅니다.

26

겨울 행

열 살에 아름답던 노을이
마흔 살 되어 또다시 아름답다
호젓함이란 참으로
소중한 것이란 걸 알게 되리라

들판 위에
추운 나무와 집들의 마을,
마을 위에 산,
산 위에 하늘,

죽은 자들은 하늘로 가
구름이 되고 언 별빛이 되지만
산 자들은 마을로 가
따뜻한 등불이 되는 걸 보리라.

27

기도

내가 외로운 사람이라면
나보다 더 외로운 사람을
생각하게 하여 주옵소서

내가 추운 사람이라면
나보다 더 추운 사람을
생각하게 하여 주옵소서

내가 가난한 사람이라면
나보다 더 가난한 사람을
생각하게 하여 주옵소서

더욱이나 내가 비천한 사람이라면
나보다 더 비천한 사람을
생각하게 하여 주옵소서

그리하여 때때로
스스로 묻고

스스로 대답하게 하여 주옵소서

나는 지금 어디에 와 있는가?
나는 지금 어디로 향해 가고 있는가?
나는 지금 무엇을 보고 있는가?
나는 지금 무엇을 꿈꾸고 있는가?

28

안개가 짙은들

안개가 짙은들
산까지 지울 수야

어둠이 깊은들
오는 아침까지 막을 수야

안개와 어둠 속을 꿰뚫는
물소리, 새소리,

비바람 설친들
피는 꽃까지 막을 수야.

29

앉은뱅이꽃

발밑에 가여운 것
밟지 마라,
그 꽃 밟으면 귀양간단다
그 꽃 밟으면 죄받는단다.

3월에 오는 눈

눈이라도 삼월에 오는 눈은
오면서 물이 되는 눈이다
어린 가지에
어린 뿌리에
눈물이 되어 젖는 눈이다
이제 늬들 차례야
잘 자라거라 잘 자라거라
물이 되며 속삭이는 눈이다.

아름다운 사람

아름다운 사람
눈을 둘 곳이 없다
바라볼 수도 없고
그렇다고 아니 바라볼 수도 없고
그저 눈이
부시기만 한 사람.

안개

흐려진 얼굴
잊혀진 생각
그러나 가슴 아프다.

33

제비꽃

그대 떠난 자리에
나 혼자 남아
쓸쓸한 날
제비꽃이 피었습니다
다른 날보다 더 예쁘게
피었습니다.

34

시 1

마당을 쓸었습니다
지구 한 모퉁이가 깨끗해졌습니다

꽃 한 송이 피었습니다
지구 한 모퉁이가 아름다워졌습니다

마음속에 시 하나 싹텄습니다
지구 한 모퉁이가 밝아졌습니다

나는 지금 그대를 사랑합니다
지구 한 모퉁이가 더욱 깨끗해지고
아름다워졌습니다.

35

그리움 1

햇빛이 너무 좋아
혼자 왔다 혼자
돌아갑니다.

잠들기 전 기도

하느님
오늘도 하루
잘 살고 죽습니다
내일 아침 잊지 말고
깨워 주십시오.

37

차가 식기 전에

차가 식기 전에
하던 말을
마칠 것까지는 없다
하던 생각을
끝낼 필요는 없다
차가 식더라도
하고 싶은 말은
차근차근 하면 되는 일이요
하던 생각은
하나씩 마무리지으면
되는 일이니까.

38

어쩌다 이렇게

있는 듯 없는 듯
있다 가고 싶었는데
아는 듯 모르는 듯
잊혀지고 싶었는데
어쩌다 이렇게 되었을까
그대 가슴에 못을 치고
나의 가슴에 흉터를 남기고
어쩌다 이 지경이 되었을까
나의 고집과 옹졸
나의 고뇌와 슬픔
나의 고독과 독선
그것은 과연 정당한 것이었던가
그것은 과연 좋은 것이었던가
사는 듯 마는 듯 살다 가고 싶었는데
웃는 듯 마는 듯 웃다 가고 싶었는데
그대 가슴에 자국을 남기고
나의 가슴에 후회를 남기고

모난 돌처럼 모난 돌처럼
혼자서 쓸쓸히.

39

그대 떠난 자리에

그대 떠난 자리에 혼자 남아
그대를 지킨다
그대의 자취
그대의 숨결
그대의 추억
그대가 남긴 산을 지키고
그대가 없는 들을 지키고
그대가 바라보던 강물에 하늘에
흰 구름을 지킨다
그러면서 혼자서 변해 간다
나도 모르게 조금씩
그대도 모르게 조금씩.

40

어린아이로

어린아이로 남아 있고 싶다
나이를 먹는 것과는 무관하게
어린아이로 남아 있고 싶다
어린아이의 철없음
어린아이의 설레임
어린아이의 투정
어린아이의 슬픔과 기쁨
그리고 놀라움
끝끝내 그것으로 세상을 보고 싶다
끝끝내 그것으로 세상을 건너가고 싶다
있는 대로 보고 들을 수 있고
듣고 본 대로 느낄 수 있는
그리고 말할 수 있는
어린아이의 가슴과 귀와 눈과
입술이고 싶다.

2부

들길을 걸으며

41

통화

자면서도 나는
그대에게 전화를
걸고 있습니다

그대 생각만으로 살았다고
내일도 그대 생각 가득할 것이라고

자면서도 나는
그대로부터 전화를
받고 있습니다.

42

떠나와서

떠나와서 그리워지는
한 강물이 있습니다
헤어지고 나서 보고파지는
한 사람이 있습니다
미루나무 새 잎새 나와
바람에 손을 흔들던 봄의 강 가
눈물 반짝임으로 저물어가는
여름날 저녁의 물비늘
혹은 겨울 안개 속에 해 떠오르고
서걱대는 갈대숲 기슭에
벗은 발로 헤엄치는 겨울 철새들
헤어지고 나서 보고파지는
한 사람이 있습니다
떠나와서 그리워지는
한 강물이 있습니다.

사랑은 혼자서

사랑은 여럿이가 아니라
혼자서 쓸쓸한 생각
저무는 저녁 해
그리고 깜깜한 어둠

사랑은 둘이서가 아니라
혼자서 푸르른 산맥
흐르는 시내
그리고 풀벌레 울음

사랑은 너와 함께가 아니라
혼자서 이루는 약속
머나 먼 내일
그리고 이별과 망각.

오늘도 이 자리

오늘도 이 자리
떠나야 할 때가
되었나보다

그대 자꾸만
좋아지니
잊어야 할 때가
되었나보다

마음에 남는
그대 목소리
웃는 입매무새
눈매무새
아리잠직한
걸음걸이

생각이 머물 때
잊어야 할 사람아

좋아질 때

떠나야 하는 사람아.

45

다리 위에서

너는 바람 속에 피어
웃고 있는 가을꽃

눈을 감아 본다

흐르는 강물은 보이지 않고
키 큰 가로등도 보이지 않고
너의 맑은 이마도 보이지 않는다

그러나 여전히
강물은 흐르고
가로등 불빛은 밝고
너의 이마 또한 내 앞에 있었으리라

눈을 떠본다

너는 새로 돋아나기 시작하는
초저녁 밤별.

46

유리창

이제
떠나갈 것은 떠나게 하고
남을 것은 남게 하자

혼자서 맞이하는 저녁과
혼자서 바라보는 들판을
두려워하지 말자

아, 그렇다
할 수만 있다면
나뭇잎 떨어진 빈 나뭇가지에
까마귀 한 마리라도 불러
가슴속에 기르자

이제
지나온 그림자를 지우지 못해 안달하지도 말고
다가올 날의 해짧음을 아쉬워하지도 말자.

47

들길을 걸으며

1

세상에 와 그대를 만난 건
내게 얼마나 행운이었나
그대 생각 내게 머물므로
나의 세상은 빛나는 세상이 됩니다
많고 많은 사람 중에 그대 한 사람
그대 생각 내게 머물므로
나의 세상은 따뜻한 세상이 됩니다.

2

어제도 들길을 걸으며
당신을 생각했습니다
오늘도 들길을 걸으며
당신을 생각했습니다
어제 내 발에 밟힌 풀잎이
오늘 새롭게 일어나
바람에 떨고 있는 걸
나는 봅니다

나도 당신 발에 밟히면서
새로워지는 풀잎이면 합니다
당신 앞에 여리게 떠는
풀잎이면 합니다.

유월에

말없이 바라
보아주시는 것만으로도 나는
행복합니다

때때로 옆에 와
서 주시는 것만으로도 나는
따뜻합니다

산에 들에 하이얀 무찔레꽃
울타리에 덩굴장미
어우러져 피어나는 유월에

그대 눈길에
스치는 것만으로도 나는
황홀합니다

>

그대 생각 가슴속에
안개 되어 피어오름만으로도
나는 이렇게 가득합니다.

49

지는 해 좋다

지는 해 좋다
볕바른 창가에 앉은 여자
눈밑에 가늘은 잔주름을 만들며
웃고 있다

이제 서둘지 않으리라
두 손 맞잡고 밤을 새워
울지도 않으리라

그녀 두 눈 속에 내가 있음을
내가 알고
나의 마음속에 그녀가 살고 있음을
그녀가 안다

지는 해 좋다
산그늘이 또다른 산의 아랫도리를
가린다

>

그늘에 덮이고 남은
산의 정수리가
더욱 환하게 빛난다.

옆자리

옆자리에 계신 것만으로도 나는
따뜻합니다
그대 숨소리만으로도 나는
행복합니다
굳이 이름을 말씀해주실 것도 없습니다
주소를 알려주실 필요도 없습니다
또한 그대 굳이 나의 이름을
알려 하지 마십시오
주소를 묻지 마십시오
이름 없이 주소 없이 이냥
곁에 앉아 계신 따스함만으로도
그대와 나는 가득합니다
보이지 않는
그대와 나의 가슴 울렁임만으로도
우리는 황홀합니다
그리하여 인사 없이 눈짓 없이
헤어지게 됨도
우리에겐 소중한 사랑입니다.

51

하오의 한 시간

바람을 안고 올랐다가
해를 안고 돌아오는 길

검정염소가
아무보고나
알은 체 운다

같이 가요
우리 같이 가요

지는 햇빛이
눈에 부시다.

노래

노래는 어디에서 오는가?
마을에서도 변두리
변두리에서도 오두막집
어둠 찾아와
창문에 불이 켜지고
나무 아래 내어다놓은 들마루
그 위에 모여앉아 떠들며
웃으며 노는 아이들

— 거기에서 온다

노래는 어디에서 오는가?
한길에서도 오솔길
오솔길이 가다가 발을 멈춘 곳
도란도란 사람들 목소리
들려오는 오두막집

개구리래도 청개구리
따라서 노래 부르는 들창

— 거기에서 온다.

53

순대국밥집

마음 허하고
아무 곳에도 기댈 곳 없는 날은
비실비실 저녁 어스름 밟으며
시장 골목길 돌고 돌아
허름한 순대국밥집 찾아들어라

문을 밀치고 들어서자마자
달겨드는 구슷한 음식 내음새
순대국밥 안주하여 막걸리나 소주 마시며
크게 떠드는 사람들의
이야기 소리 웃음 소리
더러는 다투는 소리
그 동안 내가 찾지 못하던
세상 살 재미들이 모두 여기
이렇게 깡그리 모여 있었구나

종일 두고 무쇠솥에 국물은 끓고
김은 피어오르고

시꺼매진 벽을 등에 지고
보일 듯 말 듯 웃음 짓는
주인 아낙네

순대국밥 마는 일 하나로 저토록
늙어버린 주인 아낙네
내가 그 동안 잃어버린 미더운
사람 마음과 사람의 얼굴이
여기 와 이렇게 기다리고 있었구나

비록 그들은 날마다 사는 일에 지치고
생채기 받지만
저토록 씩씩하게 자신들의 하루를 잘
갈무리하고 있음이여!

54

바람에게 묻는다

바람에게 묻는다
지금 그곳에는 여전히
꽃이 피었던가 달이 떴던가

바람에게 듣는다
내 그리운 사람 못 잊을 사람
아직도 나를 기다려
그곳에서 서성이고 있던가

내게 불러줬던 노래
아직도 혼자 부르며
울고 있던가.

기쁨

난초 화분의 휘어진
이파리 하나가
허공에 몸을 기댄다

허공도 따라서 휘어지면서
난초 이파리를 살그머니
보듬어 안는다

그들 사이에 사람인 내가 모르는
잔잔한 기쁨의
강물이 흐른다.

호명

순이야, 부르면
입 속이 싱그러워지고
순이야, 또 부르면
가슴이 따뜻해진다

순이야, 부를 때마다
내 가슴속 풀잎은 푸르러지고
순이야, 부를 때마다
내 가슴속 나무는 튼튼해진다

너는 나의 눈빛이
다스리는 영토
나는 너의 기도로
자라나는 풀이거나 나무거나

순이야, 한 번씩 부를 때마다
너는 한 번씩 순해지고

순이야, 또 한 번씩 부를 때마다
너는 또 한 번씩 아름다워진다.

57

촉

무심히 지나치는
골목길

두껍고 단단한
아스팔트 각질을 비집고
솟아오르는
새싹의 촉을 본다

얼랄라
저 여리고
부드러운 것이!

한 개의 촉 끝에
지구를 들어올리는
힘이 숨어 있다.

58

한밤중에

한밤중에
까닭없이
잠이 깨었다

우연히 방안의
화분에 눈길이 갔다

바짝 말라 있는 화분

어, 너였구나
네가 목이 말라 나를
깨웠구나.

방생

아이들이 허공에
종이비행기를 날려 보내듯
강가에 나와 내가 나를
떠나보낸다

이젠 가봐
이젠 나를 떠나도 좋아
떠나가서 풀밭에 가로눕는
초록의 바람이 되든지
벼랑 위에 뿌리내린 새빨간
단풍나무 이파리가 되든지
네 맘대로 해봐

그동안 힘들었지?
이젠 나를 떠나도 좋아
저것, 저 물고기
저녁 햇살 받아 잠방대는
강물 위에 조그만 물고기들은

조금 전에 나를 떠나간
또 하나의 나이다.

하늘의 서쪽

하늘이 개짐을 풀어헤쳤나

비린내 두어 마지기
질펀하게 깔고 앉아
속눈썹 깜짝여 곁눈질이나 하고 있는
하늘의 서쪽

은근짜로 아주
은근짜로

새끼 밴 검정염소
울음소리가 사라지고
절름발이 소금장수 다리 절며 돌아오던
구불텅한 논둑길이 사라지고

이젠 네가 사라져야 하고
내가 사라져줘야 할 차례다,

지금은 하늘과 땅이
살을 섞으며 진저리칠 때.

61

나뭇결

운문사 만우당
스님들 조강하게 드나드시는 쪽마루
가끔씩 들를 때마다
더욱 고와지고 또렷해지는
마룻바닥의 나뭇결

스님들 발길에 스치고
스님들 걸레질에 닦여서
서슬 푸른 향기라도 머금을 듯
뼈무늬라도 일어설 듯

가장 정갈한 아침 햇살이 말려 주고
가장 조용한 저녁 별빛이 쓰다듬어 주어
더욱 선명해지고 고와진
마룻바닥의 나뭇결

사람도 저처럼
나이 들면서 안으로 밝아지고 고와져

선명한 마음의 무늬를 지닐 수는 없는 일일까
향내라도 은은하게 품을 수는 없는 일일까.

멀리까지 보이는 날

숨을 들이쉰다
초록의 들판 끝 미루나무
한 그루가 끌려들어온다

숨을 더욱 깊이 들이쉰다
미루나무 잎새에 반짝이는
햇빛이 들어오고 사르락 사르락
작은 바다 물결 소리까지
끌려들어온다

숨을 내어쉰다
뻐꾸기 울음소리
꾀꼬리 울음소리가
쓸려나아간다

숨을 더욱 멀리 내어쉰다
마을 하나 비 맞아 우거진
봉숭아꽃나무 수풀까지

쓸려 나아가고 조그만 산 하나
우뚝 다가와 선다

산 위에 두둥실 떠 있는
흰 구름, 저 녀석
조금 전까지만 해도 내 몸 안에서
뛰어놀던 바로 그 숨결이다.

63

응?

초록의 들판에
조그만 소년이
가볍게 가볍게
덩치 큰 소를 끌고 가듯이

귀여운 어린 아기가 끌고 가는
착하신 엄마와 아빠

어여쁜 아이들이 끌고 가는
정다운 학교와 선생님

아가야, 지구를 통째로
너에게 줄 테니
잠들 때까지 망가뜨리지 말고
잘 가지고 놀거라, 응?

64

눈부신 세상

멀리서 보면 때로 세상은
조그맣고 사랑스럽다
따뜻하기까지 하다
나는 손을 들어
세상의 머리를 쓰다듬어준다
자다가 깨어난 아이처럼
세상은 배시시 눈을 뜨고
나를 향해 웃음 지어 보인다

세상도 눈이 부신가 보다.

65

악수

가을 햇살은
모든 것들을 익어가게 한다
그 품안에 들면 산이며 들
강물이며 하다 못해 곡식이며 과일
곤충 한 마리 물고기 한 마리까지
익어가지 않고서는 배겨나지를 못한다

그리하여 마을의 집들이며 담장
마을로 뚫린 꼬불길조차
마악 빵 기계에서 구워낸 빵처럼
말랑말랑하고 따스하다

몇 해 만인가 골목길에서 마주친
동갑내기 친구
나이보다 늙어 보이는 얼굴
나는 친구에게
늙었다는 표현을 삼가기로 한다

>

이 사람 그 동안 아주 잘 익었군
무슨 말을 하는지 몰라
잠시 어리둥절해진 친구의 손을 잡는다
그의 손아귀가 무척 든든하다
역시 거칠지만 잘 구워진 빵이다.

사는 일

1
오늘도 하루 잘 살았다
굽은 길은 굽게 가고
곧은 길은 곧게 가고

막판에는 나를 싣고
가기로 되어 있는 차가
제 시간보다 일찍 떠나는 바람에
걷지 않아도 좋은 길을 두어 시간
땀 흘리며 걷기도 했다

그러나 그것도 나쁘지 아니했다
걷지 않아도 좋은 길을 걸었으므로
만나지 못했을 뻔했던 싱그러운
바람도 만나고 수풀 사이
빨갛게 익은 멍석딸기도 만나고
해 저문 개울가 고기비늘 찍으러 온 물총새
물총새, 쪽빛 날갯짓도 보았으므로

>

이제 날 저물려 한다
길바닥을 떠돌던 바람은 잠잠해지고
새들도 머리를 숲으로 돌렸다
오늘도 하루 나는 이렇게
잘 살았다.

2
세상에 나를 던져보기로 한다
한 시간이나 두 시간

퇴근 버스를 놓친 날 아예
다음 차 기다리는 일을 포기해버리고
길바닥에 나를 놓아버리기로 한다

누가 나를 주워가 줄 것인가?
만약 주워가 준다면 얼마나 내가
나의 길을 줄였을 때
주워가 줄 것인가?

>

한 시간이나 두 시간
시험 삼아 세상 한복판에
나를 던져보기로 한다

나는 달리는 차들이 비껴 가는
길바닥의 작은 돌멩이.

사랑

목말라 물을 좀 마셨으면 좋겠다고
속으로 생각하고 있을 때
유리컵에 맑은 물 가득 담아
잘람잘람 내 앞으로 가지고 오는

창 밖의 머언 풍경에 눈길을 주며
그리움의 물결에 몸을 맡기고 있을 때
그 물결의 흐름을 느끼고 눈물
글썽글썽한 눈으로 나를 바라보아주는

어떻게 알았을까, 그는
한 마디 말씀도 이루지 아니했고
한 줌의 눈짓조차 건네지 않았음에도.

68

붓꽃

슬픔의 길은
명주실 가닥처럼이나
가늘고 길다

때로 산을 넘고
강을 따라가지만

슬픔의 손은
유리잔처럼이나
차고도 맑다

자주 풀숲에서 서성이고
강물 속으로 몸을 풀지만

슬픔에 손목 잡혀 멀리
멀리까지 갔다가
돌아온 그대

>

오늘은 문득 하늘
쪽빛 입술 붓꽃 되어
떨고 있음을 본다.

강물과 나는

맑은 날
강가에 나아가
바가지로
강물에 비친
하늘 한 자락
떠올렸습니다

물고기 몇 마리
흰 구름 한 송이
새소리도 몇 움큼
건져 올렸습니다

한참동안 그것들을
가지고 돌아오다가
생각해보니
아무래도 믿음이
서지 않았습니다

>

이것들을
기르다가 공연스레
죽이기라도 하면
어떻게 하나

나는 걸음을 돌려
다시 강가로 나아가
그것들을 강물에
풀어 넣었습니다

물고기와 흰 구름과
새소리 모두
강물에게
돌려주었습니다

그 날부터
강물과 나는
친구가 되었습니다.

화이트 크리스마스

크리스마스이브
눈 내리는 늦은 밤거리에 서서
집에서 혼자 기다리고 있는
늙은 아내를 생각한다

시시하다 그럴 테지만
밤늦도록 불을 켜놓고 손님을
기다리는 빵 가게에 들러
아내가 좋아하는 빵을 몇 가지
골라 사들고 서서
한사코 세워주지 않는
택시를 기다리며
20년하고서도 6년 동안
함께 산 동지를 생각한다

아내는 그동안 네 번
수술을 했고
나는 한 번 수술을 했다

그렇다, 아내는 네 번씩
깨진 항아리이고 나는
한 번 깨진 항아리이다

눈은 땅에 내리자마자
녹아 물이 되고 만다
목덜미에 내려 섬뜩섬뜩한
혓바닥을 들이밀기도 한다

화이트 크리스마스
크리스마스이브 늦은 밤거리에서
한 번 깨진 항아리가
네 번 깨진 항아리를 생각하며
택시를 기다리고 또
기다린다.

71

나팔꽃

여름날 아침, 눈부신 햇살 속에 피어나는 나팔꽃 속에는 젊으신 아버지의 목소리가 들어 있다.

얘야, 집안이 가난해서 그런 걸 어쩐다냐. 너도 나팔꽃을 좀 생각해보거라. 주둥이가 넓고 시원스런 나팔꽃도 좁고 답답한 꽃 모가지가 그 밑에서 받쳐주고 있지 않더냐? 나는 나팔꽃 모가지밖에 될 수 없으니, 너는 꽃의 몸통쯤 되고 너의 자식들이나 꽃의 주둥이로 키워보려무나. 안돼요, 아버지. 안 된단 말이에요. 왜 내가 나팔꽃 주둥이가 되어야지, 나팔꽃 몸통이 되느냔 말이에요!

여름날 아침, 해맑은 이슬 속에 피어나는 나팔꽃 속에는 아직도 대학에 보내달라 투덜대며 대어드는 어린 아들을 달래느라 진땀을 흘리는 젊으신 아버지의 애끓는 목소리가 숨어 있다.

돌멩이

흐르는 맑은 물결 속에 잠겨
보일 듯 말 듯 일렁이는
얼룩무늬 돌멩이 하나
돌아가는 길에 가져가야지
집어 올려 바위 위에
놓아두고 잠시
다른 볼일 보고 돌아와
찾으려니 도무지
어느 자리에 두었는지
찾을 수가 없다

혹시 그 돌멩이, 나 아니었을까?

73

내가 사랑하는 계절

내가 제일로 좋아하는 달은
십일월이다
더 여유 있게 잡는다면
십일월에서 십이월 중순까지다

낙엽 져 홀몸으로 서 있는 나무
나무들이 깨금발을 딛고 선 등성이
그 등성이에 햇빛 비쳐 드러난
황토 흙의 알몸을
좋아하는 것이다

황토 흙 속에는
시제時祭 지내러 갔다가
막걸리 두어 잔에 취해
콧노래 함께 돌아오는
아버지의 비틀걸음이 들어 있다

어린 형제들이랑

돌담 모퉁이에 기대어 서서 아버지가
가져오는 봉송封送 꾸러미를 기다리던
해 저물녘 한 때의 굴품한* 시간들이
숨쉬고 있다

아니다 황토 흙 속에는
끼니 대신으로 어머니가
무쇠 솥에 찌는 고구마의
구수한 내음새 아스므레
아지랑이가 스며 있다

내가 제일로 좋아하는 계절은
낙엽 져 나무 밑둥까지 드러나 보이는
늦가을부터 초겨울까지다
그 솔직함과 청결함과 겸허를
못 견디게 사랑하는 것이다.

* 굴품한 : 〈배가 고픈 듯한〉, 〈시장기가 드는 듯한〉의 충청도 방언.

74

저녁 일경一景

불이 켜지고 있었다

장독대 곁에 과꽃이며 분꽃
두어 송이 던져놓고

부르지 않았음에도
방안까지 들어와 흐느끼는
풀벌레 울음

창밖에 서성대는 빗방울 두어 낱
우산 씌워 세워놓고

불이 켜지고 있었다

그리고 사기 밥그릇에
숟가락 부딪는 소리
드문드문 흩어졌다.

75

메밀꽃이 폈드라

메밀꽃이 폈드라
새하얗드라

여름내 흰 구름이
엉덩이 까 내리고
뒷물하던 자리

바람의 칼날에 몰려
벼랑 끝에 메밀꽃이
울고 있드라

끝끝내 아무도 없드라
메밀꽃은 대낮에도
달밤이드라.

외롭다고 생각할 때일수록

외롭다고 생각할 때일수록
혼자이기를,

말하고 싶은 말이 많은 때일수록
말을 삼가기를,

울고 싶은 생각이 깊을수록
울음을 안으로 곱게 삭이기를,

꿈꾸고 꿈꾸노니—

많은 사람들로부터 빠져나와
키 큰 미루나무 옆에 서 보고
혼자 고개 숙여 산길을 걷게 하소서.

서정시인

다른 아이들 모두 서커스 구경 갈 때
혼자 남아 집을 보는 아이처럼
모로 돌아서서 까치집을 바라보는
늙은 화가처럼
신도들한테 따돌림당한
시골 목사처럼.

78

미소 사이로

벚꽃 지다

슬픈 돌 부처님
모스라진
미소 사이로

누가 꽃잎이
눈처럼 날린다
지껄이느냐?

누가 이것이 마지막이다
영생토록 마지막이다
울먹이느냐?

너무 오래 쥐고 있어
팔이 아픈 아이가
풍선 줄을 놓아버리듯

>

나뭇가지가 힘겹게
잡고 있던 꽃잎을 그만
바람결에 주어버리다.

뒷모습

뒷모습이 어여쁜
사람이 참으로
아름다운 사람이다

자기의 눈으로는 결코
확인이 되지 않는 뒷모습
오로지 타인에게로만 열린
또 하나의 표정

뒷모습은
고칠 수 없다
거짓말을 할 줄 모른다

물소리에게도 뒷모습이 있을까?
시드는 노루발풀꽃, 솔바람 소리,
찌르레기 울음소리에게도
뒷모습은 있을까?

>

저기 저
가문비나무 윤노리나무 사이
산길을 내려가는
야윈 슬픔의 어깨가
희고도 푸르다.

외할머니랑 소쩍새랑

초록물감 질펀하게 어푸러진
밤
이파리 하나하나 지느러미를 달고 날개를 달고
하늘바다를 파들거리는 나무, 나무 수풀 사이
소쩍새 울음소리 깊은
우물을 파고 들어앉고

조이 창문이 두 개 달린 집
두 개 가운데 하나만 불이 켜져서
밤마다 나는 황금의 불빛 아래
숨쉬는 조그만 알이 되고
아침마다 나는 솜털이 부시시한 어린 새 새끼 되어
알껍질을 열고 나오고
외할머니 늘 조심스런 눈초리로
지켜보고 계셨다

불켜진 조이 창문이 쓰고 있는
썩어가는 볏짚 모자 속에

굼실굼실 뒹굴며 자라는 굼벵이들
짹째글 참새들, 찍찍 쥐새끼들
더러는 굼벵이나 참새, 쥐새끼를 집어먹으며
몸통이 굵어가는 구렁이들

나는 참 이승에서 외할머니한테
진 빚이 많다.

3부

꽃 피우는 나무

별리

우리 다시는 만나지 못하리

그대 꽃이 되고 풀이 되고
나무가 되어
내 앞에 있는다 해도 차마
그대 눈치채지 못하고

나 또한 구름 되고 바람 되고
천둥이 되어
그대 옆을 흐른다 해도 차마
나 알아보지 못하고

눈물은 번져
조그만 새암을 만든다
지구라는 별에서의
마지막 만남과 헤어짐

우리 다시 사람으로는 만나지 못하리.

82

추억이 말하게 하라

가늘은
가늘은 길이 있었다고
길가에 오랑캐꽃
보랏빛 꽃 입술이 벌렁거리고 있었다고
줄지어 미루나무
새잎 나는 미루나무 서 있었다고

그리고
그리고 미루나무 위에
지절거리는 새들의 소리
리본처럼 얽혀서 휘날리고 있었다고

말하지 말고
당신이 나서서 말하지 말고 추억이
추억이 말하게 하라

그리고 또
그리고 한 계집애가 있었다고

검고 긴 머리카락
나부끼는 블라우스
맑은 눈빛에 하늘이
파란 하늘빛이 겹쳐서 고여
일렁이고 있었다고

말하지 말고
서둘러 서둘러서 말하지 말고 추억이
차근차근 말하게 하라.

83

태백선

두고 온 것 없지만 무언가
두고 온 느낌
잃은 것 없지만 무언가
잃은 것 같은 느낌

두고 왔다면 마음을
두고 왔겠고
잃었다면 또한
마음을 잃었겠지

푸른 산 돌고 돌아
아스라이 높은 산
조팝나무꽃 이팝나무꽃
소복으로 피어서 흐느끼는
골짜기 골짜기

>

기다려줄 사람 이미 없으니
이 길도 이제는
다시 올 일 없겠다.

시인학교

남의 외로움 사 줄 생각은 하지 않고
제 외로움만 사 달라 조른다
모두가 외로움의 보따리 장수.

추억

어디라 없이 문득
길 떠나고픈 마음이 있다
누구라 없이 울컥
만나고픈 얼굴이 있다

반드시 까닭이
있었던 것은 아니다
분명히 할 말이
있었던 것은 더욱 아니다

푸른 풀밭이 자라서
가슴속에 붉은
꽃들이 피어서

간절히 머리 조아려
그걸 한사코
보여주고 싶던 시절이
내게도 있었다.

무인도

바다에 가서 며칠
섬을 보고 왔더니
아내가 섬이 되어 있었다
섬 가운데서도
무인도가 되어 있었다.

87

나의 사랑은 가짜였다

말로는 그랬다
사랑은 지는 것이라고
지고서도 마음 편한 것이라고

그러나 정말로 지고서도
편안한 마음이 있었을까?

말로는 그랬다
사랑은 버리는 것이라고
버리고서도 행복해하는 마음이라고

그러나 정말 버리고서도
행복한 마음이 있었을까?

귀소

누구나 오래
안 잊히는 것 있다

낮은 처마 밑
떠나지 못하고 서성대던
생솔가지 태운 냉갈내*며
밥 자치는 냄새

누구나 한번쯤
울고 싶은 때 있다

먹물 와락
엎지른 창문에
켜지던 등불
두세두세 이야기 소리

마음 먼저
멀리 떠나보내고

몸만 눕힌 곳이 끝내
집이 되곤 하였다.

* 냉갈내 : 식물성 연료를 태우는 아궁이에서 나는 냄새.

산촌엽서

고개
고개 넘으면
청산

청산
봉우리에 두둥실
향기론 구름

또닥또닥
굴피 너와집*에
칼도마 소리

볼이
붉은 그 아이
산처녀 그 아이

산제비꽃 옆
산제비꽃 되어

사네

산벚꽃 옆
산벚꽃 되어
늙네.

* 굴피 너와집 : 참나무의 두꺼운 껍질(굴피)을 기와 대신 지붕으로 얹어지은 집(너와집).

꽃 피우는 나무

좋은 경치 보았을 때
저 경치 못 보고 죽었다면
어찌했을까 걱정했고

좋은 음악 들었을 때
저 음악 못 듣고 세상 떴다면
어찌했을까 생각했지요

당신, 내게는 참 좋은 사람
만나지 못하고 이 세상 흘러갔다면
그 안타까움 어찌했을까요……

당신 앞에서는
나도 온몸이 근지러워
꽃 피우는 나무

지금 내 앞에 당신 마주 있고
당신과 나 사이 가득

음악의 강물이 일렁입니다

당신 등뒤로 썰렁한
잡목 숲도 이런 때는 참
아름다운 그림 나라입니다.

91

가을, 마티재

산 너머, 산 너머란 말 속에는
그리움이 살고 있다
그 그리움을 따라가다 보면
아리따운 사람, 고운 마을도
만날 수 있을 것만 같다

강 건너, 강 건너란 말 속에는
아름다움이 살고 있다
그 아름다움을 따라 나서면
어여쁜 꽃, 유순한 웃음의 사람도
만날 수 있을 것만 같다

살기 힘들어 가슴 답답한 날
다리 팍팍한 날은 부디
산 너머, 산 너머란 말을 외우자
강 건너, 강 건너란 말도 외우자

>

그리고서도 안 되거든
눈물이 날 때까지 흰 구름을
오래도록 우러러보자.

92

산수유꽃 진 자리

사랑한다, 나는 사랑을 가졌다
누구에겐가 말해주긴 해야 했는데
마음 놓고 말해줄 사람 없어
산수유꽃 옆에 와 무심히 중얼거린 소리
노랗게 핀 산수유꽃이 외워두었다가
따사로운 햇빛한테 들려주고
놀러온 산새에게 들려주고
시냇물 소리한테까지 들려주어
사랑한다, 나는 사랑을 가졌다
차마 이름까진 말해줄 수 없어 이름만 빼고
알려준 나의 말
여름 한 철 시냇물이 줄창 외우며 흘러가더니
이제 가을도 저물어 시냇물 소리도 입을 다물고
다만 산수유꽃 진 자리 산수유 열매들만
내리는 눈발 속에 더욱 예쁘고 붉습니다.

93

고향

잎
진
감나무
가지에 달랑 남은
까치밥
하
나.

94

오늘의 약속

덩치 큰 이야기, 무거운 이야기는 하지 않기로 해요
조그만 이야기, 가벼운 이야기만 하기로 해요
아침에 일어나 낯선 새 한 마리가 날아가는 것을 보았다든지
길을 가다 담장 너머 아이들 떠들며 노는 소리가 들려 잠시 발을 멈췄다든지
매미 소리가 하늘 속으로 강물을 만들며 흘러가는 것을 문득 느꼈다든지
그런 이야기들만 하기로 해요

남의 이야기, 세상 이야기는 하지 않기로 해요
우리들의 이야기, 서로의 이야기만 하기로 해요
지나간 밤 쉽게 잠이 오지 않아 애를 먹었다든지
하루 종일 보고픈 마음이 떠나지 않아 가슴이 뻐근했다든지
모처럼 개인 밤하늘 사이로 별 하나 찾아내어 숨겨놓은 소원을 빌었다든지
그런 이야기들만 하기로 해요

>

실은 우리들 이야기만 하기에도 시간이 많지 않은 걸 우리는 잘 알아요
그래요, 우리 멀리 떨어져 살면서도
오래 헤어져 살면서도 스스로
행복해지기로 해요
그게 오늘의 약속이에요.

95

사랑에의 권유

사랑 때문에 다만
사랑하는 일 때문에
울어본 적 있으신지요?

보고 싶은 마음 때문에 오직
한 사람이 보고 싶은 마음 때문에
밤을 꼬박 새워본 적 있으신지요?

그것이 철없음이라도 좋겠고
어리석음이라도 좋겠고
서툰 인생이라 해도 충분히 좋겠습니다

한 사람의 여자를 위하여
한 사람의 남자를 위하여 다시금
떨리는 손으로 길고 긴 편지를
써보고 싶은 생각은 없으신지요?

>

부디 잊지 마시기 바래요
한 사람의 일로 밤을 새우고
오직 그 일로 해서 지구가 다
무너질 것만 같았던 날들이 분명
우리에게 있었음을

그리하여 우리가 한 때나마 지상에서
행복하고 슬프고도 외로운 사람이었음을
부디 후회하지 마시기 바래요.

가을 감

꽃 등
밝혔네

잎
버리고
비로소

가을
어머니.

딸에게

내 사랑 내 딸이여 내 자랑 내 딸이여
오늘도 네가 있어 마음속 꽃밭이다
오! 네가 없었다 하면 어쨌을까 싶단다

술 취해 비틀비틀 거리를 거닐 때도
네 생각 떠올리면 정신이 번쩍 든다
고맙다 애비는 지연紙鳶, 너의 끈에 매달린.

풀꽃 1

자세히 보아야
예쁘다

오래 보아야
사랑스럽다

너도 그렇다.

아내

새각시
새각시 때
당신에게서는
이름 모를
풀꽃 향기가
번지곤 했습니다
그럴 때마다 나는
당신도 모르게
눈을 감곤 했지요

그건 아직도
그렇습니다.

행복

저녁 때
돌아갈 집이 있다는 것

힘들 때
마음속으로 생각할 사람 있다는 것

외로울 때
혼자서 부를 노래 있다는 것.

안부

오래
보고 싶었다

오래
만나지 못했다

잘 있노라니
그것만 고마웠다.

102

꽃잎

활짝 핀 꽃나무 아래서
우리는 만나서 웃었다

눈이 꽃잎이었고
이마가 꽃잎이었고
입술이 꽃잎이었다

우리는 술을 마셨다
눈물을 글썽이기도 했다

사진을 찍고
그 날 그렇게 우리는
헤어졌다

돌아와 사진을 빼보니
꽃잎만 찍혀 있었다.

서울, 하이에나

결코 사냥하지 않는다

먹다 남긴 고기를 훔치고
썩은 고기도 마다하지 않는다
어찌 고기를 훔치는 발톱이
고독을 안다 하겠는가?
썩은 고기를 찢는 이빨이
슬픔을 어찌 안다고 말하겠는가?

딸아, 사냥하기 싫거든
차라리 서울서
굶다가 죽어라.

천천히 가는 시계

천천히, 천천히 가는
시계를 하나 가지고 싶다

수탉이 길게, 길게 울어서
아, 아침 먹을 때가 되었구나 생각을 하고
뻐꾸기가 재게, 재게 울어서
어, 점심 먹을 때가 지나갔군 느끼게 되고
부엉이가 느리게, 느리게 울어서
으흠, 저녁밥 지을 때가 되었군 깨닫게 되는
새의 울음소리로만 돌아가는 시계

나팔꽃이 피어서
날이 밝은 것을 알고 또
연꽃이 피어서 해가 높이 뜬 것을 알고
분꽃이 피어서 구름 낀 날에도
해가 졌음을 짐작하게 하는
꽃의 향기로만 돌아가는 시계

>

나이도 먹을 만큼 먹어가고
시도 쓸 만큼 써보았으니
인제는 나도 천천히 돌아가는
시계 하나쯤 내 몸 속에
기르며 살고 싶다.

105

오늘도 그대는 멀리 있다

전화 걸면 날마다
어디 있냐고 무엇하냐고
누구와 있냐고 또 별일 없냐고
밥은 거르지 않았는지 잠은 설치지 않았는지
묻고 또 묻는다

하기는 아침에 일어나
햇빛이 부신 걸로 보아
밤사이 별일 없긴 없었는가 보다

오늘도 그대는 멀리 있다

이제 지구 전체가 그대 몸이고 맘이다.

지상에서의 며칠

때 절은 조이 창문 흐릿한 달빛 한줌이었다가
바람 부는 들판의 키 큰 미루나무 잔가지 흔드는 바람이었다가
차마 소낙비일 수 있었을까? 겨우
옷자락이나 머리칼 적시는 이슬비였다가
기약 없이 찾아든 바닷가 민박집 문지방까지 밀려와
칭얼대는 파도 소리였다가
누군들 안 그러랴
잠시 머물고 떠나는 지상에서의 며칠, 이런 저런 일들
좋았노라 슬펐노라 고달팠노라
그대 만나 잠시 가슴 부풀고 설   었지
그리고는 오래고 긴 적막과 애달픔과 기다림이 거기 있었지
가는 여름 새끼손톱에 스며든 봉숭아 빠알간 물감이었다가
잘려 나간 손톱조각에 어른대는 첫눈이었다가
눈물이 고여서였을까? 눈썹
깜짝이다가 눈썹 두어 번 깜짝이다가…….

(2006. 2. 2)

선물 1

하늘 아래 내가 받은
가장 커다란 선물은
오늘입니다

오늘 받은 선물 가운데서도
가장 아름다운 선물은
당신입니다

당신 나지막한 목소리와
웃는 얼굴, 콧노래 한 구절이면
한 아름 바다를 안은 듯한 기쁨이겠습니다.

미루나무 숲길

미루나무 숲길에 키가 큰 바람 불면
키가 큰 그리움 따라와 서성거리고
나도 또한 그 길에 나가 서성였다네
사랑하고 있어요 사랑하고 있어요
누군가의 목소리 혼자 들었네

하늘 맑고 햇빛 밝은 그런 날이면
저 혼자 노래하며 길 떠나는 한 마음 있어
같이 가자 부르면서 따라 갔었네
잊지 말아 주세요 잊지 말아 주세요
누군가의 목소리 맴을 돌았네.

109

전화선을 타고

전화선을 타고
쌀 씻는 소리
설거지하는 달그락 소리

아, 오늘도 잘 사셨군요

전화선을 타고
텔레비전 소리
나직하게 들리는 음악소리

아, 오늘도 잘 쉬고 계시는군요

고맙습니다.

110

능금나무 아래

한 남자가 한 여자의 손을 잡았다
한 젊은 우주가 또 한 젊은
우주의 손을 잡은 것이다

한 여자가 한 남자의 어깨에 몸을 기댔다
한 젊은 우주가 또 한 젊은
우주의 어깨에 몸을 기댄 것이다

그것은 푸르른 5월 한낮
능금꽃 꽃등을 밝힌
능금나무 아래서였다.

시 2

그냥 줍는 것이다

길거리나 사람들 사이에
버려진 채 빛나는
마음의 보석들.

울던 자리

여기가 셋이서 울던 자리예요
저기도 셋이서 울던 자리예요
그리고 저기는 주저앉아
기도하던 자리고요

병원 로비에서
복도에서
의자 위에서
그냥 맨바닥 위에서

준비 안 된 가족과의 헤어짐이
너무나도 힘겨워서
가장의 죽음 앞에 한꺼번에 무너져서

여러 날 그들은
비를 맞아 날 수 없는
세 마리의 산비둘기였을 것이다.

113

꽃이 되어 새가 되어

지고 가기 힘겨운 슬픔 있거든
꽃들에게 맡기고

부리기도 버거운 아픔 있거든
새들에게 맡긴다

날마다 하루해는 사람들을 비껴서
강물 되어 저만큼 멀어지지만

들판 가득 꽃들은 피어서 붉고
하늘가로 스치는 새들도 본다.

114

뒤를 돌아보며

가다가, 바람보다 빨리
가다가 문득 뒤를 바라본다
발밑에 붉은 꽃
다만 이름을 버리고 붉은 꽃

가다가, 바람보다 먼저
가다가 돌아서서 바라본다
안개에 싸인 산
산에 묻힌 또 새소리

아, 니들이 나를 불렀구나
나를 불러 세웠구나

나보다 더 빠르게 간 그는
지금 어디쯤 멈춰 서서
뒤를 돌아보며 내가 오기를
기다리고 있는 걸까?

115

시간

누군가 한 사람 창가에 앉아
울먹이고 있다
햇빛이 스러지기 전에 떠나야 한다고
한 번 가선 돌아올 수 없는 길을
가야만 한다고
그 곳은 아주 먼곳이라고
조그만 소리로 속삭이고 있다
잠시만 더 나와 함께 여기
머물다 갈 수는 없나요?
손이라도 잡아주고 싶어 손을 내밀었을 때
이미 그의 손은 보이지 않았다.

부탁

너무 멀리까지는 가지 말아라
사랑아

모습 보이는 곳까지만
목소리 들리는 곳까지만 가거라

돌아오는 길 잊을까 걱정이다
사랑아.

몽당연필

초등학교 선생 할 때
아이들 버린 몽당연필들
주워다 모은 게 한 필통 가득이다

상처 입고 망가지고
닳아질 대로 닳아진 키 작은 녀석들
글을 쓸 때마다 곱게 다듬어
볼펜 깍지에 끼워서 쓰곤 한다

무슨 궁상이냐고
무슨 두시럭이냐고 번번이
핀잔을 해대는 아내

아내도 나에겐 하나의 몽당연필이다
많이 닳아지고 망가졌지만
아직은 쓸모가 남아있는 몽당연필이다

>

아내 눈에 나도 하나의
몽당연필쯤으로 보여 졌으면
싶은 날이 있다.

꽃 피는 전화

살아서 숨 쉬는 사람인
것만으로도 좋아요
아믄, 아믄요
그냥 거기 계신 것만으로도 참 좋아요
그러엄, 그러믄요
오늘은 전화를 다 주셨군요
배꽃 필 때 배꽃 보러
멀리 한 번 길 떠나겠습니다.

풍경

이 그림에서
당신을 빼낸다면
그것이 내 최악의 인생입니다.

눈부신 속살

담장 위에 호박고지 가을볕 좋다
짜랑짜랑 소리 날듯 가을볕 좋다
주인 잠시 집 비우고 외출한 사이
집 지키는 호박고지 새하얀 속살

눈부신 그 속살에
축복 있으라.

4부

다시 9월이

봄

새들이 보고 있어요
우리 둘이 어깨 비비고
걸어가는 것

꽃들이 웃고 있어요
우리 둘이 눈으로 말하고
이야기하고 있는 것.

집

얼마나 떠나기 싫었던가!
얼마나 돌아오고 싶었던가!

낡은 옷과 낡은
신발이 기다리는 곳

여기,
바로 여기.

123

좋은 약

큰 병 얻어 중환자실에 널부러져 있을 때
아버지 절룩거리는 두 다리로 지팡이 짚고
어렵사리 면회 오시어
한 말씀, 하시었다

얘야, 너는 어려서부터 몸은 약했지만
독한 아이였다
네 독한 마음으로 부디 병을 이기고 나오너라
세상은 아직도 징글징글하도록 좋은 곳이란다

아버지 말씀이 약이 되었다
두 번째 말씀이 더욱
좋은 약이 되었다.

124

다시 9월이

기다리라, 오래 오래
될 수 있는 대로 많이
지루하지만 더욱

이제 치유의 계절이 찾아온다
상처받은 짐승들도
제 혀로 상처를 핥아
아픔을 잊게 되리라

가을 과일들은
봉지 안에서 살이 오르고
눈이 밝고 다리 굵은 아이들은
멀리까지 갔다가 서둘러 돌아오리라

구름 높이, 높이 떴다
하늘 한 가슴에 새하얀
궁전이 솟았다

>

이제 제각기 가야할 길로
가야 할 시간
기다리라, 더욱
오래오래 그리고 많이.

희망

날이 개면 시장에 가리라
새로 산 자전거를 타고
힘들여 페달을 비비며

될수록 소로길을 찾아서
개울길을 따라서
흐드러진 코스모스 꽃들
새로 피어나는 과꽃들 보며 가야지

아는 사람을 만나면 자전거에서 내려
악수를 청하며 인사를 할 것이다
기분이 좋아지면 휘파람이라도 불 것이다

어느 집 담장 위엔가
넝쿨콩도 올라와 열렸네
석류도 바깥세상이 궁금한지
고개 내밀고 얼굴 붉혔네

>

시장에 가서는
아내가 부탁한 반찬거리를 사리라
생선도 사고 채소도 사 가지고 오리라.

나무를 위한 예의

나무한테 찡그린 얼굴로 인사하지 마세요
나무한테 화낸 목소리로 말을 걸지 마세요
나무는 꾸중들을 일을 하나도 하지 않았답니다
나무는 화낼만한 일을 조금도 하지 않았답니다

나무네 가족의 가훈은 '정직과 실천'입니다
그리고 '기다림'이기도 합니다
봄이 되면 어김없이 싹을 내밀고 꽃을 피우고 또 열매 맺어 가을을 맞고
겨울이면 옷을 벗어버린 채 서서 봄을 기다릴 따름이지요

나무의 집은 하늘이고 땅이에요
그건 나무의 어머니 어머니, 어머니 때부터의 기인 역사이지요
그 무엇도 욕심껏 가지는 일이 없고 모아두는 일도 없답니다
있는 것만큼 고마워하고 받은 만큼 덜어낼 줄 안답니다

>

나무한테 속상한 얼굴을 보여주지 마세요
나무한테 어두운 목소리로 투정하지 마세요
그건 나무한테 하는 예의가 아니랍니다.

127

인생

화창한 날씨만 믿고
가벼운 옷차림과 신발로 길을 나섰지요
향기로운 바람 지저귀는 새소리 따라
오솔길을 걸었지요

멀리 갔다가 돌아오는 길
막판에 그만 소낙비를 만났지 뭡니까

하지만 나는 소낙비를 나무라고 싶은
생각이 별로 없어요
날씨 탓을 하며 날씨한테 속았노라
말하고 싶지도 않아요

좋았노라 그마저도 아름다운 하루였노라
말하고 싶어요
소낙비 함께 옷과 신발에 묻어온
숲 속의 바람과 새소리

>

그것도 소중한 나의 하루
나의 인생이었으니까요.

너무 그러지 마시어요

너무 그러지 마시어요. 너무 섭섭하게 그러지 마시어요. 하나님, 저에게가 아니에요. 저의 아내 되는 여자에게 그렇게 하지 말아달라는 말씀이에요. 이 여자는 젊어서부터 병과 더불어 약과 더불어 산 여자예요. 세상에 대한 꿈도 없고 그 어떤 사람보다도 죄를 안 만든 여자예요. 신장에 구두도 많지 않은 여자구요, 장롱에 비싸고 좋은 옷도 여러 벌 가지지 못한 여자예요. 한 남자의 아내로서 그림자로 살았고 두 아이의 엄마로서 울면서 기도하는 능력밖엔 없는 여자이지요. 자기 이름으로 꽃밭 한 평, 채전밭 한 귀퉁이 가지지 못한 여자예요. 남편 되는 사람이 운전조차 할 줄 모르는 쑥맥이라서 언제나 버스만 타고 다닌 여자예요. 돈을 아끼느라 꽤나 먼 시장 길도 걸어다니고 싸구려 미장원에만 골라 다닌 여자예요. 너무 그러지 마시어요. 가난한 자의 기도를 잘 들어 응답해주시는 하나님, 저의 아내 되는 사람에게 너무 섭섭하게 그러지 마시어요.

부부

오래고도 가늘은 외길이었다

어렵게, 어렵게 만나 자주
다투고 울고 화해하고 더러는
웃기도 하다가 이렇게 늙어버렸다

고맙습니다.

130

당신 때문입니다

하루를 살아도 나
곱게 숨 쉬는 사람임은 오로지
당신 때문입니다

뜨는 해를 보아도
작은 풀꽃 한 송이를 보아도
길가다 문득 새소리를 듣다가도 나
눈물 글썽이는 소년임은 그 또한
당신 때문입니다

안타깝기도 하고 때로는
서럽기도 한 이승에서의 날들
하지만 쉬이 놓을 수 없었음은 역시
당신 때문입니다

맑게 살아라
소리 없이 흐르는 강물처럼
기도처럼 살아라

>

나 하루를 살아도
아름다이 마무리하고 싶음은
오로지 당신 때문입니다.

연애

날마다 잠에서
깨어나자마자 당신 생각을
마음 속 말을 당신과 함께
첫 번째 기도를 또 당신을 위해

그런 형벌의 시절도 있었다.

멀리서 빈다

어딘가 내가 모르는 곳에
보이지 않는 꽃처럼 웃고 있는
너 한 사람으로 하여 세상은
다시 한 번 눈부신 아침이 되고

어딘가 네가 모르는 곳에
보이지 않는 풀잎처럼 숨 쉬고 있는
나 한 사람으로 하여 세상은
다시 한 번 고요한 저녁이 온다

가을이다, 부디 아프지 마라.

먼 곳

어려서 외할머니와 둘이
오막살이집에서 살 때
자주 외할머니와 뒷동산에 올라
먼곳을 바라보곤 했다

가을날 같은 때 군청색 굼실굼실
물결쳐간 산봉우리들 너머
외할머니도 먼곳을 바라보고
나도 먼곳을 바라보고 있었다

외할머니가 바라본 먼곳이
어떤 것인지는 모른다
그러나 나는 마음속으로 아라비아사막이거나
스위스 같은 곳을 먼곳이라고 꿈꾸곤 했다

그 뒤로 나는 먼곳을 많이 다녀보았다
여러 날 먼곳을 서성이는 사람이 되기도 했다
지금은 또 그 먼곳에서 살고 있다

>

생각해 보니 외할머니와 살던
오막살이집이 먼곳이고
외할머니와 함께 올라 먼곳을 바라보던
뒷동산이 먼곳이었다.

134

꽃피는 도화동

끝내 말하고 싶지 않았다

내 스물다섯 살 1월의 인천시, 번지수도 잊어먹은 도화동
한 처녀한테 반해 사랑을 구걸하러 가는 길이었다
싸구려 모직 밤색 양복 차려입고
단도직입으로 처녀의 부모 허락을 얻으러 가던 길이었다

꼬불꼬불 염소 창자처럼 길고도 가느른 길을 따라
겨울철이라 깊게 그늘이 드리워져 있었고
처음 보는 집들이 다닥다닥 붙어 있던 골목길 끄트머리
밀가루방앗간 안집이 처녀네 집이었다

그러나 끝내 거절당하고 말았다 울면서 돌아서야만 했다
낯선 고장의 찬바람에 두 볼이 얼어
겨울철인데도 복사꽃이 마구 피어나고 있었다
복사꽃잎은 눈 위에 떨어지면서 얼음이 되고 있었다

>

지금도 찾아가면 분명 그 자리에 있을 것만 같은
인천시 도화동 밀가루방앗간 안집
내가 처음 사랑을 고백하고 거절당했던 처녀네 집
코가 발름하고 두 볼이 언제나 볼그레했던 제물포 처녀

끝내 잊을 수 있었던 건 아니었다.

135

은빛

눈이 내리다 말고 달이 휘영청 밝았다

밤이 깊을수록 저수지 물은
더욱 두껍게 얼어붙어
쩡, 쩡, 저수지 중심으로 모여드는 얼음의
등 터지는 소리가 밤새도록 무서웠다

그런 밤이면 머언 골짝에서
여우 우는 소리가 들리고
하행선 밤기차를 타고 가끔
서울 친구가 찾아오곤 했다

친구는 저수지 길을 돌아서 왔다고 했다

그런 밤엔 저수지도 은빛
여우 울음소리도 은빛
사람의 마음도 분명 은빛
한가지였을 것이다.

새해 인사

글쎄, 해님과 달님을 삼백예순다섯 개나
공짜로 받았지 뭡니까
그 위에 수없이 많은 별빛과 새소리와 구름과
그리고
꽃과 물소리와 바람과 풀벌레 소리들을
덤으로 받았지 뭡니까

이제, 또다시 삼백예순다섯 개의
새로운 해님과 달님을 공짜로 받을 차례입니다
그 위에 얼마나 더 많은 좋은 것들을 덤으로
받을지 모르는 일입니다

그렇게 잘 살면 되는 일입니다
그 위에 더 무엇을 바라시겠습니까?

137

완성

집에 밥이 있어도 나는
아내 없으면 밥을 먹지 않는 사람

내가 데려다주지 않으면 아내는
서울 딸네 집에도 가지 못하는 사람

우리는 이렇게 함께 살면서
반편이 인간으로 완성되고 말았다.

12월

하루 같은 1년

1년 같은 하루, 하루

그처럼 사라진 나

그리고 당신.

139

여행 1

가방을 들고
차를 타고 가면서
집으로 돌아가고 싶어 하는 내가 있고

집에 돌아와
가방을 정리하면서
떠나온 곳으로 돌아가고 싶어 하는 내가 있다

어떤 것이 진짜 나인가?

11월

돌아가기엔 이미 너무 많이 와버렸고
버리기에는 차마 아까운 시간입니다

어디선가 서리 맞은 어린 장미 한 송이
피를 문 입술로 이쪽을 보고 있을 것만 같습니다

낮이 조금 더 짧아졌습니다
더욱 그대를 사랑해야 하겠습니다.

섬에서

그대, 오늘

볼 때마다 새롭고
만날 때마다 반갑고
생각날 때마다 사랑스런
그런 사람이었으면 좋겠습니다

풍경이 그러하듯이
풀잎이 그렇고
나무가 그러하듯이.

서양 붓꽃

거짓말인 줄 알면서도
눈물 납니다

꽃이 진다고 세상이
달라질 것도 없는데

가슴이 미어집니다.

별 1

너무 일찍 왔거나 너무 늦게 왔거나
둘 중에 하나다
너무 빨리 떠났거나 너무 오래 남았거나
또 그 둘 중에 하나다

누군가 서둘러 떠나간 뒤
오래 남아 빛나는 반짝임이다

손이 시려 손조차 맞잡아 줄 수가 없는
애달픔
너무 멀다 너무 짧다
아무리 손을 뻗쳐도 잡히지 않는다

오래오래 살면서 부디 나
잊지 말아다오.

개양귀비

생각은 언제나 빠르고
각성은 언제나 느려

그렇게 하루나 이틀
가슴에 핏물이 고여

흔들리는 마음 자주
너에게 들키고

너에게로 향하는 눈빛 자주
사람들한테도 들킨다.

145

꽃그늘

아이한테 물었다

이담에 나 죽으면
찾아와 울어줄 거지?

대답 대신 아이는
눈물 고인 두 눈을 보여주었다.

146

날마다 기도

간구의 첫 번째 사람은 너이고
참회의 첫 번째 이름 또한 너이다.

섬

너와 나
손잡고 눈 감고 왔던 길

이미 내 옆에 네가 없으니
어찌할까?

돌아가는 길 몰라 여기
나 혼자 울고만 있네.

첫눈

요즘 며칠 너 보지 못해
목이 말랐다

어제 밤에도 깜깜한 밤
보고 싶은 마음에
더욱 깜깜한 마음이었다

몇날 며칠 보고 싶어
목이 말랐던 마음
깜깜한 마음이
눈이 되어 내렸다

네 하얀 마음이 나를
감싸 안았다.

149

혼자 있는 날

아침에도 너를 생각하고
저녁에도 너를 생각하고
한낮에도 너를 생각한다

보이는 것마다 너의 모습
들리는 것마다 너의 목소리

너, 지금
어디 있느냐?

좋다

좋아요
좋다고 하니까 나도 좋다.

151

한 사람 건너

한 사람 건너 한 사람
다시 한 사람 건너 또 한 사람

애기 보듯 너를 본다

찡그린 이마
앙다문 입술
무슨 마음 불편한 일이라도
있는 것이냐?

꽃을 보듯 너를 본다.

떠난 자리

나 떠난 자리
너 혼자 남아
오래 울고 있을 것만 같아
나 쉽게 떠나지 못한다, 여기

너 떠난 자리
나 혼자 남아
오래 울고 있을 것 생각하여
너도 울먹이고 있는 거냐? 거기.

눈 위에 쓴다

눈 위에 쓴다
사랑한다 너를
그래서 나 쉽게
지구라는 아름다운 별
떠나지 못한다.

나무

너의 허락도 없이
너에게 너무 많은 마음을
주어버리고
너에게 너무 많은 마음을
뺏겨버리고
그 마음 거두어들이지 못하고
바람 부는 들판 끝에 서서
나는 오늘도 이렇게 슬퍼하고 있다
나무되어 울고 있다.

너도 그러냐

나는 너 때문에 산다

밥을 먹어도
얼른 밥 먹고 너를 만나러 가야지
그러고
잠을 자도
얼른 날이 새어 너를 만나러 가야지
그런다

네가 곁에 있을 때는 왜
이리 시간이 빨리 가나 안타깝고
네가 없을 때는 왜
이리 시간이 더딘가 다시 안타깝다

멀리 길을 떠나도 너를 생각하며 떠나고
돌아올 때도 너를 생각하며 돌아온다

오늘도 나의 하루해는 너 때문에 떴다가
너 때문에 지는 해이다

너도 나처럼 그러냐?

살아갈 이유

너를 생각하면 화들짝
잠에서 깨어난다
힘이 솟는다

너를 생각하면 세상 살
용기가 생기고
하늘이 더욱 파랗게 보인다

너의 얼굴을 떠올리면
나의 가슴은 따뜻해지고
너의 목소리 떠올리면
나의 가슴은 즐거워진다

그래, 눈 한번 질끈 감고
하나님께 죄 한 번 짓자!
이것이 이 봄에 또 살아갈 이유다.

멀리

내가 한숨 쉬고 있을 때
저도 한숨 쉬고 있으리
꽃을 보며 생각한다

내가 울고 있을 때
저도 울고 있으리
달을 보며 생각한다

내가 그리운 마음일 때
저도 그리운 마음이리
별을 보며 생각한다

너는 지금 거기
나는 지금 여기.

약속

달빛이 있는 곳까지만 함께 가자
손가락 걸었다
풀벌레소리 있는 곳까지
개울물소리 나는 곳까지만 함께 가자
손가락 걸었다
끝내 마음이 있는 곳까지만
함께 가자
오늘 바로 그랬다.

159

아버지 1

햇빛이 너무 좋아요, 아버지
어제까지 보지 못하던 꽃들이 피었구요, 아버지

오늘 아침엔 우리집 향나무 울타리에
이름 모를 새들이 한참동안 울다가 갔어요

환한 대낮에는 견딜 만하다가도
아침저녁으로는 못 견디겠는 마음이에요

아침 밥상 앞에 보이지 않는 아버지를 문득 찾고요
어두워지는 대문간에 저벅저벅 발자국 소리 들어요

지금은 눈물도 그쳤구요, 아버지
그냥 보고 싶기만 할 뿐이에요.

160

부탁이야

오래가 아니야 조금
많이가 아니야 조금
네 앞에서 잠시
앉아있고 싶어

나는 왜 내가 이렇게 되었는지
나도 잘 모르겠어

금방 보고 헤어졌는데도
보고 싶은 네 얼굴
금방 듣고 돌아섰는데도
듣고 싶은 네 목소리

어둔 하늘 혼자서 반짝이는 나는 별
외론 산길에 혼자서 가는 나는 바람

웃는 네 얼굴 조금만 보고
예쁜 목소리 조금만 듣고

이내 나는 떠나갈 거야
그렇게 해줘 부탁이야

나는 왜 내가 이렇게 되었는지
나도 잘 모르겠어.

5부

참말로의 사랑은

161

아버지 2

왠지 네모지고 딱딱한 이름입니다

조금씩 멀어지면서 둥글어지고
부드러워지는 이름입니다

끝내 세상을 놓은 다음
사무치게 그리워지는 이름이기도 하구요

아버지, 이런 때
당신이었다면 어떻게 하셨을까요?

마음속으로 당신 음성을 기다립니다.

목련꽃 낙화

너 내게서 떠나는 날
꽃이 피는 날이었으면 좋겠네
꽃 가운데서도 목련꽃
하늘과 땅 위에 새하얀 꽃등
밝히듯 피어오른 그런
봄날이었으면 좋겠네

너 내게서 떠나는 날
나 울지 않았으면 좋겠네
잘 갔다 오라고 다녀오라고
하루치기 여행을 떠나는 사람
가볍게 손 흔들듯 그렇게
떠나보냈으면 좋겠네

그렇다 해도 정말
마음속에서는 너도 모르게
꽃이 지고 있겠지
새하얀 목련꽃 흐득흐득

울음 삼키듯 땅바닥으로

떨어져 내려앉겠지.

화살기도

아직도 남아있는 아름다운 일들을
이루게 하여 주소서
아직도 만나야할 좋은 사람들을
만나게 하여 주소서
아멘이라고 말할 때
네 얼굴이 떠올랐다
퍼뜩 놀라 그만 나는
눈을 뜨고 말았다.

눈사람

밤을 새워 누군가 기다리셨군요
기다리다가 기다리다가 그만
새하얀 사람이 되고 말았군요
안쓰러운 마음으로 장갑을 벗고
손을 내밀었을 때
당신에겐 손도 없고
팔도 없었습니다.

165

바로 말해요

바로 말해요 망설이지 말아요
내일 아침이 아니에요 지금이에요
바로 말해요 시간이 없어요

사랑한다고 말해요
좋았다고 말해요
보고 싶었다고 말해요

해가 지려고 해요 꽃이 지려고 해요
바람이 불고 있어요 새가 울어요
지금이에요 눈치 보지 말아요

사랑한다고 말해요
좋았다고 말해요
그리웠다고 말해요

참지 말아요 우물쭈물하지 말아요
내일에는 꽃이 없어요 지금이에요

있더라도 그 꽃은 아니에요

사랑한다고 말해요
좋았다고 말해요
당신이 오늘은 꽃이에요.

참말로의 사랑은

참말로의 사랑은
그에게 자유를 주는 일입니다
나를 사랑할 수 있는 자유와
나를 미워할 수 있는 자유를 한꺼번에
주는 일입니다
참말로의 사랑은 역시
그에게 자유를 주는 일입니다
나에게 머물 수 있는 자유와
나를 떠날 수 있는 자유를 동시에
따지지 않고 주는 일입니다
바라만 보다가
반쯤만 눈을 뜨고
바라만 보다가.

사는 법

그리운 날은 그림을 그리고
쓸쓸한 날은 음악을 들었다

그리고도 남는 날은
너를 생각해야만 했다.

168

선물 2

나에게 이 세상은 하루하루가 선물입니다
아침에 일어나 만나는 밝은 햇빛이며 새소리,
맑은 바람이 우선 선물입니다

문득 푸르른 산 하나 마주했다면 그것도 선물이고
서럽게 서럽게 뱀 꼬리를 흔들며 사라지는
강물을 보았다면 그 또한 선물입니다

한낮의 햇살 받아 손바닥 뒤집는
잎사귀 넓은 키 큰 나무들도 선물이고
길 가다 발밑에 깔린 이름 없어 가여운
풀꽃들 하나하나도 선물입니다

무엇보다도 먼저 이 지구가 나에게 가장 큰 선물이고
지구에 와서 만난 당신,
당신이 우선적으로 가장 좋으신 선물입니다

>

저녁 하늘에 붉은 노을이 번진다 해도 부디
마음 아파하거나 너무 섭하게 생각지 마서요
나도 또한 이제는 당신에게
좋은 선물이었으면 합니다.

169

사랑은 언제나 서툴다

서툴지 않은 사랑은 이미
사랑이 아니다
어제 보고 오늘 보아도
서툴고 새로운 너의 얼굴

낯설지 않은 사랑은 이미
사랑이 아니다
금방 듣고 또 들어도
낯설고 새로운 너의 목소리

어디서 이 사람을 보았던가……
이 목소리 들었던가……
서툰 것만이 사랑이다
낯선 것만이 사랑이다

오늘도 너는 내 앞에서
다시 한 번 태어나고

오늘도 나는 네 앞에서
다시 한 번 죽는다.

연

오래
기다리셨습니다

드릴 것은
조그만 마음뿐입니다

부디 오래
머물다 가십시오

바람에겐 듯
사랑에겐 듯.

강아지풀에게 인사

혼자 노는 날

강아지풀한테 가 인사를 한다
안녕!

강아지풀이 사르르
꼬리를 흔든다

너도 혼자서 노는 거니?

다시 사르르
꼬리를 흔든다.

묘비명

많이 보고 싶겠지만
조금만 참자.

173

두 여자

한 여자로부터
버림받는 순간
나는 시인이 되었고

한 여자로부터
용납되는 순간
나는 남편이 되었다.

174

황홀 극치

황홀, 눈부심
좋아서 어쩔 줄 몰라 함
좋아서 까무러칠 것 같음
어쨌든 좋아서 죽겠음

해 뜨는 것이 황홀이고
해 지는 것이 황홀이고
새 우는 것 꽃 피는 것 황홀이고
강물이 꼬리를 흔들며 바다에
이르는 것 황홀이다

그렇지, 무엇보다
바다 울렁임, 일파만파, 그곳의 노을,
빠져 죽어버리고 싶은 충동이 황홀이다

아니다, 내 앞에
웃고 있는 네가 황홀, 황홀의 극치다

>

도대체 너는 어디서 온 거냐?
어떻게 온 거냐?
왜 온 거냐?
천 년 전 약속이나 이루려는 듯.

175

여름의 일

골목길에서 만난
낯선 아이한테서
인사를 받았다

안녕!

기분이 좋아진 나는
하늘에게 구름에게
지나는 바람에게 울타리 꽃에게
인사를 한다

안녕!

문간 밖에 나와
쭈그리고 앉아있는
순한 얼굴의 개에게도
인사를 한다

>

너도 안녕!

꽃잎

천사들이 신었던
신발이 흩어져 있네

미끄럼틀 아래
그네 아래 그리고
꽃나무 아래

무슨 급한 일이 있어
천사들은 신발을 벗어둔 채
하늘나라로 돌아간 것일까?

177

풀꽃 2

이름을 알고 나면 이웃이 되고
색깔을 알고 나면 친구가 되고
모양까지 알고 나면 연인이 된다
아, 이것은 비밀.

동백 1

짧게 피었다 지기에
꽃이다

잠시 머물다 가기에
사랑이다

눈보라 먼지바람 속
피를 삼킨 통곡이여.

초라한 고백

내가 가진 것을 주었을 때
사람들은 좋아한다

여러 개 가운데 하나를
주었을 때보다
하나 가운데 하나를 주었을 때
더욱 좋아한다

오늘 내가 너에게 주는 마음은
그 하나 가운데 오직 하나
부디 아무 데나 함부로
버리지는 말아다오.

꽃 1

다시 한 번만 사랑하고
다시 한 번만 죄를 짓고
다시 한 번만 용서를 받자

그래서 봄이다.

181

그리움 2

가지 말라는데 가고 싶은 길이 있다
만나지 말자면서 만나고 싶은 사람이 있다
하지 말라면 더욱 해보고 싶은 일이 있다

그것이 인생이고 그리움
바로 너다.

풀꽃 3

기죽지 말고 살아봐
꽃 피워 봐
참 좋아.

183

그리움 3

더는 참을 수 없다
이제는 먹을 갈아야지.

184

산책

백합꽃 향기 너무 진하여 저녁때
대문이 절로 열렸네.

꽃 2

예쁘다는 말을
가볍게 삼켰다

안쓰럽다는 말을
꿀꺽 삼켰다

사랑한다는 말을
어렵게 삼켰다

섭섭하다, 안타깝다,
답답하다는 말을 또 여러 번
목구멍으로 넘겼다

그리고서 그는 스스로 꽃이 되기로 작정했다.

아끼지 마세요

좋은 것 아끼지 마세요
옷장 속에 들어 있는 새로운 옷 예쁜 옷
잔칫날 간다고 결혼식장 간다고
아끼지 마세요
그러다 그러다가 철 지나면 헌 옷 되지요

마음 또한 아끼지 마세요
마음속에 들어 있는 사랑스런 마음 그리운 마음
정말로 좋은 사람 생기면 준다고
아끼지 마세요
그러다 그러다가 마음의 물기 마르면 노인이 되지요

좋은 옷 있으면 생각날 때 입고
좋은 음식 있으면 먹고 싶은 때 먹고
좋은 음악 있으면 듣고 싶은 때 들으세요
더구나 좋은 사람 있으면
마음속에 숨겨두지 말고
마음껏 좋아하고 마음껏 그리워하세요

>

그리하여 때로는 얼굴 붉힐 일
눈물 글썽일 일 있다한들
그게 무슨 대수겠어요!
지금도 그대 앞에 꽃이 있고
좋은 사람이 있지 않나요
그 꽃을 마음껏 좋아하고
그 사람을 마음껏 그리워하세요.

187

이 봄날에

봄날에, 이 봄날에
살아만 있다면
다시 한 번 실연을 당하고
밤을 새워
머리를 벽에 쥐어박으며
운다 해도 나쁘지 않겠다.

188

여행 2

떠나 온 곳으로 다시는
돌아갈 수 없다는 걸 알기까지는
많은 시간이 필요했다.

189

이 가을에

아직도 너를
사랑해서 슬프다.

사랑이 올 때

가까이 있을 때보다
멀리 있을 때
자주 그의 눈빛을 느끼고

아주 멀리 헤어져 있을 때
그의 숨소리까지 듣게 된다면
분명히 당신은 그를
사랑하기 시작한 것이다

의심하지 말아라
부끄러워 숨기지 말아라
사랑은 바로 그렇게 오는 것이다

고개 돌리고
눈을 감았음에도 불구하고.

후회

이담에 이담에 나는 너에게
사랑한다는 말을 너무 여러 번 한 것을
후회할 것이고

너는 한 번도 나에게
사랑한다는 말을 하지 않은 것을
후회할지도 모른다.

이별

지구라는 별
오늘이라는 하루
두 번 다시 만나지 못할
정다운 사람인 너

네 앞에 있는 나는 지금
울고 있는 거냐?
웃고 있는 거냐?

꽃 3

예뻐서가 아니다
잘나서가 아니다
많은 것을 가져서도 아니다
다만 너이기 때문에
네가 너이기 때문에
보고 싶은 것이고 사랑스런 것이고 안쓰러운 것이고
끝내 가슴에 못이 되어 박히는 것이다
이유는 없다
있다면 오직 한 가지
네가 너라는 사실!
네가 너이기 때문에
소중한 것이고 아름다운 것이고 사랑스런 것이고 가득한 것이다
꽃이여, 오래 그렇게 있거라.

사랑에 답함

예쁘지 않은 것을 예쁘게
보아주는 것이 사랑이다

좋지 않은 것을 좋게
생각해주는 것이 사랑이다

싫은 것도 잘 참아주면서
처음만 그런 것이 아니라

나중까지 아주 나중까지
그렇게 하는 것이 사랑이다.

별 2

우리는 한 사람씩 우주공간을 흐르는 별이다. 머언 하늘 길을 떠돌다 길을 잘못 들어 여기 이렇게 와 있는 별들이다. 아니다. 우리는 오래 전부터 서로 그리워하고 소망했기에 여기 이렇게 한자리에서 만나게 된 별들이다,

그러니 너와 나는 기적의 별들이 아닐 수 없다. 하늘길 가는 별들은 다만 반짝일 뿐 서러운 마음 외로운 마음을 가지지 않는 별들이다. 그러나 우리는 순간순간 외로워하고 서러워할 줄 아는 별들이다. 안타까워할 줄도 아는 별들이다. 그러니 우리가 얼마나 사랑스런 별들이겠는가!

부디 편안한 마음으로 따뜻한 마음으로 잠시 그렇게 머물다 가시 바란다. 오직 사랑스런 마음으로 기쁜 마음으로 내 앞에 잠시 그렇게 있다가 가기 바란다. 굳이 재촉하지 않아도 이별의 시간은 빠르게 오고 우리는 그 명령을 따라야만 한다. 그리하여 너는 너의 하늘 길을 가야하고 나는 또 나의 하늘 길을 열어야 한다.

>

우리가 앞으로 다시 만난다는 기약은 바랄 수도 없는 일이다. 어쩌면 이것이 처음이자 마지막 만남일 수도 있겠다. 그리하여 우리는 앞으로도 오래 외롭고 서럽고 안타깝기까지 할 것이다. 부디 너 오늘 우리가 이 자리 이렇게 지극히 정답게 아름답게 만났던 일들을 잊지 말기 바란다. 오늘 우리의 만남을 기억한다면 앞으로도 많은 날 외롭고 서럽고 안타까운 순간에도 그 외로움과 서러움과 안타까움이 조금은 줄어들 것이다.

나도 하늘 길 흐르다가 멀리 아주 멀리 반짝이는 별 하나 찾아낸다면 그것이 진정 너의 별인 줄 알겠다. 나의 생각과 그리움이 머물러 그 별이 더욱 밝은 빛으로 반짝일 때 너도 나를 알아보고 나를 향해 웃음 짓는 것이라 여기겠다. 앞으로도 우리 오래도록 반짝이면서 외로워하기도 하고 서러워하기도 하자.

오늘 우리가 여기서 이렇게 헤어지고 난다면 어디서 또 다시 만난다 하겠는가? 잡았던 손 뿌리치고 나면 언제 또 그 손을 잡을 날 있다 하겠는가? 너무도 사랑스럽고 어여쁜 너. 오직 기적의 별인 너. 많이 반짝이는 너의 별을 데리고 이제는 너의 길을 가라. 나도 나의 길을 가련다. 아이야, 오늘은 여기서 안녕히! 나에게도 안녕히!

196

느낌

눈꼬리가 휘어서
초승달
너의 눈은 … 서럽다

몸집이 작아서
청사과
너의 모습은 … 안쓰럽다

짧은 대답이라서
저녁바람
너의 음성은 … 섭섭하다

그래도 네가 좋다.

꽃신

꽃을 신고 오시는 이
누구십니까?

아, 저만큼
봄님이시군요!

어렵게 어렵게 찾아 왔다가
잠시 있다 떠나가는 봄

짧기에 더욱 안타깝고
안쓰러운 사랑

사랑아 너도 갈 때는
꽃신 신고 가거라.

198

자기를 함부로 주지 말아라

자기를 함부로 주지 말아라
아무 것에게나 함부로 맡기지 말아라
술한테 주고 잡담한테 주고 놀이한테
너무 많은 자기를 주지 않았나 돌아다 보아라

가장 나쁜 것은 슬픔한테 절망한테
자기를 맡기는 일이고
더욱 좋지 않은 것은 남을 미워하는 마음에
자기를 던져버리는 일이다
그야말로 그것은 끝장이다

그런 마음들을 거두어들여
기쁨에게 주고 아름다움에게 주고
무엇보다도 사랑하는 마음에게 주라
대번에 세상이 달라질 것이다
세상은 젊어지다 못해 어려질 것이고
싱싱해질 것이고 반짝이기 시작할 것이다

>

자기를 함부로 아무것에나 주지 말아라
부디 무가치하고 무익한 것들에게
자기를 맡기지 말아라
그것은 눈 감은 일이고 악덕이며
인생한테 죄 짓는 일이다

가장 아깝고 소중한 것은 자기 자신이다
그러므로 보다 많은 시간을 자기 자신한테
주는데 주저하지 말아야 할 일이다
그것이 날마다 가장 중요한
삶의 명제요 실천 강령이다.

어버이날

고마워요
그냥 엄마가 내 엄마인 것이
고마워요

고맙구나
그냥 네가 내 아들인 것이
고맙구나.

200

맑은 날

오늘 날이 맑아서
네가 올 줄 알았다
어려서 외갓집에 찾아가면
외할머니 오두막집 문 열고
나오시면서 하시던 말씀

오늘은 멀리서 찾아온
젊고도 어여쁜 너에게
되풀이 그 말을 들려준다
오늘 날이 맑아서
네가 올 줄 알았다.

꽃들아 안녕

꽃들에게 인사할 때
꽃들아 안녕!

전체 꽃들에게
한꺼번에 인사를
해서는 안 된다

꽃송이 하나하나에게
눈을 맞추며
꽃들아 안녕! 안녕!

그렇게 인사함이
백번 옳다.

6부

너를 두고

끝끝내

너의 얼굴 바라봄이 반가움이다
너의 목소리 들음이 고마움이다
너의 눈빛 스침이 끝내 기쁨이다

끝끝내

너의 숨소리 듣고 네 옆에
내가 있음이 그냥 행복이다
이 세상 네가 살아있음이
나의 살아있음이고 존재이유다.

우리들의 푸른 지구 1

내가 너를 생각하는 동안만
지구는 건강하게 푸르다

내가 너를 사랑하는 동안만
우주는 편안하게 미소 짓는다

오늘 비록 멀리 있어도 우리는
결코 멀리 있는 것이 아니다

푸르고 건강한 지구
그 숨결 안에서 우리들 또한 푸르다.

204

혼자서

무리지어 피어 있는 꽃보다
두 셋이서 피어 있는 꽃이
도란도란 더 의초로울 때 있다

두 셋이서 피어 있는 꽃보다
오직 혼자서 피어있는 꽃이
더 당당하고 아름다울 때 있다

너 오늘 혼자 외롭게
꽃으로 서 있음을 너무
힘들어 하지 말아라.

205

너를 두고

세상에 와서
내가 하는 말 가운데서
가장 고운 말을
너에게 들려주고 싶다

세상에 와서
내가 가진 생각 가운데서
가장 예쁜 생각을
너에게 주고 싶다

세상에 와서
내가 할 수 있는 표정 가운데
가장 좋은 표정을
너에게 보이고 싶다

이것이 내가 너를
사랑하는 진정한 이유

나 스스로 네 앞에서 가장
좋은 사람이 되고 싶은 소망이다.

그래도

나는 네가 웃을 때가 좋다
나는 네가 말을 할 때가 좋다
나는 네가 말을 하지 않을 때도 좋다
뾰로통한 네 얼굴, 무덤덤한 표정
때로는 매정한 말씨
그래도 좋다.

207

동행

어머니는 언제 죽나?
내가 죽을 때 죽지.

시 3

만나기는 한나절이었지만
잊기에는 평생도 모자랐다.

저녁에

저녁에 잠든다는 건
내일의 소망을
가슴에 안는다는 일이고

오늘의 잘못들을
스스로 용서하고
잊는다는 것이다.

아제아제

날마다 날마다
우리들 하루하루는
눈물과 한숨과 땀방울
절름발이의 언덕

언덕 너머 들판 넘어
강물을 건너
갑시다 갑시다
어서 갑시다

저 너머 흰 구름
꽃으로 피어나는 곳
꽃 보러 갑시다
미소 보러 갑시다

아닙니다 우리가
꽃이 되러 갑시다

미소 되러 갑시다
어서 같이 갑시다.

섬에서

그대, 오늘

볼 때마다 새롭고
만날 때마다 반갑고
생각날 때마다 사랑스런
그런 사람이었으면 좋겠습니다

풍경이 그러하듯이
풀잎이 그렇고
나무가 그러하듯이.

기도의 자리

눈물 나리
하늘의 별 하나 밤을 새워
나를 보고 반짝인다
생각해봐

눈물 나리
어딘가 나 한 사람 위해
누군가 울고 있다
생각해봐

처음부터 기도는
거기에 있었다.

213

화엄

꽃장엄이란 말
가슴이 벅찹니다

꽃송이 하나하나가
세상이요 우주라지요

아, 아, 아,
그만 가슴이 열려

나도 한 송이 꽃으로 팡!
터지고 싶습니다.

피안

강 건너 저편 언덕
꽃이 새로 피어나는지

꽃나무 아래 누군가
이쪽을 생각하는지

또다시 구름이 술렁이네
바람에 향기가 묻어오네

그 실은 한 번도
만난 적 없는 당신.

어린 낙타 1

마음속에 낙타 한 마리
살고 있었네
어리고도 순한 낙타
세상물정 모르고
오직 세상한테
사랑받기만을 꿈꾸던 낙타

쉽사리 세상한테
사랑받을 수 없었네
타박타박 걸으며 걸으며
어른 낙타가 되었고
늙은 낙타가 되었네

가도 가도 목마른 날들
팍팍한 발걸음
세상은 또 하나의 사막
어디에도 쉴 만한 그늘은 없고
주저앉을 의자 하나

마련되어 있지 않았네

오늘도 늙은 낙타 사막을 가네
물 없는 길 사랑 없는 길
세상한테 사랑받고 싶은 마음 하나
세상 속으로 길 떠나네
사막의 길 걷고 또 걷네.

어린 낙타 2

날마다 네 마음속
어린 낙타 한 마리를 깨워
길을 떠나라
아직은 어린 낙타이니
그의 등에 올라타지는 말고
옆에 서서 함께 걸어라
낙타가 걸으면 걷고
낙타가 쉬면 쉬고
낙타가 바라보는 곳을
따라서 바라볼 일이다
때로는 낙타가 뜯어먹는
낙타 풀도 먹어야 하겠지만
부디 입술이나 잇몸에서
피가 나지 않도록 조심해라
네 마음속 어린 낙타 한 마리가
너의 스승이며 이웃이며
처음이자 마지막
길동무임을 잊지 말아라.

217

고등어 산다

맨드라미 피어서 붉은
9월도 초순의 저녁 무렵
제민천 따라서 자전거 타고
하루해도 기울어 집에 가다가
간고등어 안동 간고등어
네 손에 만원 외치는 소리
자전거 내려서 고등어 산다

집에 사 가지고 가보았자
먹을 입도 없는데 무엇을
이런 거 사왔느냐 집사람
핀잔하고 외면할지 몰라도
어려서 외할머니 밥상에서
수저에 얹어주시던 고등어
생각이 나서 문득 고등어 산다.

218

가을양산

가을볕 받아
양산 받고 나온 아낙
개울가 돌다리 건너는 맨발

늙었어도 예쁘다
양산 위에 새겨진 붉은 꽃
가을이라 더 예쁘다.

쪽지 글

나 죽으면 울어줄 사람 위하여
이 쪽지를 남긴다

나 죽어도 오래 잊지 않을 사람 위하여
마음을 담는다

너를 만난 것이 세상에서 가장 좋았던 일
널 사랑해서 고마웠고 행복했다

나 없는 세상에서라도 너무
힘들어 하지는 말아라

예쁘게 잘 살아라
하늘에서 내려다본다.

재회

더 예뻐졌구나
반가움에

강물을 하나 네 앞에
엎을 뻔 했지 뭐냐.

어린아이

예쁘구나
쳐다봤더니
빙긋 웃는다

귀엽구나
생각했더니
꾸벅 인사한다

하나님 보여주시는
그 나라가
따로 없다.

틀렸다

돈 가지고 잘 살기는 틀렸다
명예나 권력, 미모 가지고도 이제는 틀렸다
세상에는 돈 많은 사람이 얼마나 많고
명예나 권력, 미모가 다락 같이 높은 사람이 얼마나 많은가!
요는 시간이다
누구나 공평하게 허락된 시간
그 시간을 어디에 어떻게 써 먹느냐가 열쇠다
그리고 선택이다
내 좋은 일, 내 기쁜 일, 내가 하고 싶은 일 고르고 골라
하루나 한 시간, 순간순간을 살아보라
어느새 나는 빛나는 사람이 되고 기쁜 사람이 되고
스스로 아름다운 사람이 될 것이다
틀린 것은 처음부터 틀린 일이 아니었다
틀린 것이 옳은 것이었고 좋은 것이었다.

223

잘람잘람

어머니, 어머니
샘물가에서 물동이로
물을 기를 때

물동이에 가득 채운 물
머리에 이고 가기 전
넘치지 않게 하기 위하여
물동이 주둥이를 손바닥으로
슬쩍 훑어내듯이

오늘 내가 너에게
주는 마음은 잘람잘람
그렇지만 넘치지 않게

오늘 내가 너에게
주는 시도 잘람잘람
그렇지만 넘치지 않게.

224

도화동

또 한 차례 인천에 다녀왔다
주안역 다음이 도화역
아직도 도화동 그 이름이
전철역으로 남아있구나
왈칵 그립고 반가운 마음
좋아하는 여자네 집이 있던 도화동
유난히도 춥던 겨울날
외투도 입지 않고
찾아갔던 그 여자네 집
끝내 허락을 받지 못하여
울면서 쫓겨난 그 여자네 집
어렵사리 방앗간 일을 해서
자식들 잘 키우고 가르친
그 여자네 아버지
나같이 장래성 없어 보이는
시골청년에겐 딸을 줄 수 없다고
매몰차게 내쫓았던 그 여자네 아버지
그 때는 그것이 그렇게도

섭섭하고 원망스러웠는데
나도 나중에 딸을 낳아 기르다보니
조금씩 이해가 되기도 했지
그날 눈 속에 피었던 새빨간 동백꽃은
지금도 꽃을 피우고 있을까?
눈물 나도록 왈칵 그리운 도화동
내 가난하고도 춥고 슬픈
젊은 날이 가서 살고 있는
옛날의 인천 그 도화동
이름만이라도 잘 있거라
마음속 손을 흔든다.

오늘의 꽃

웃어도 예쁘고
웃지 않아도 예쁘고
눈을 감아도 예쁘다

오늘은 네가 꽃이다.

네가 있어

바람 부는 이 세상
네가 있어 나는 끝까지
흔들리지 않는 나무가 된다

서로 찡그리며 사는 이 세상
네가 있어 나는 돌아앉아
혼자서도 웃음 짓는 사람이 된다

고맙다
기쁘다
힘든 날에도 끝내 살아남을 수 있었다

우리 비록 헤어져
오래 멀리 살지라도
너도 그러기를 바란다.

227

다시 중학생에게

사람이 길을 가다 보면
버스를 놓칠 때가 있단다

잘못 한 일도 없이
버스를 놓치듯
힘든 일 당할 때가 있단다

그럴 때마다 아이야
잊지 말아라

다음에도 버스는 오고
그 다음에 오는 버스가 때로는
더 좋을 수도 있다는 것을!

어떠한 경우라도 아이야
너 자신을 사랑하고
이 세상에서 가장 귀한 것이
너 자신임을 잊지 말아라.

먼 길

함께 가자
먼 길

너와 함께라면
멀어도 가깝고

아름답지 않아도
아름다운 길

나도 그 길 위에서
나무가 되고

너를 위해 착한
바람이 되고 싶다.

전화를 걸고 있는 중

바람 부는 날이면
전화를 걸고 싶다
하늘 맑고 구름 높이 뜬 날이면
더욱 전화를 걸고 싶다

전화 가운데서도 핸드폰으로
멀리, 멀리 있는 사람에게
오래, 오래 잊고 살던
이름조차 가물가물한 사람을 찾아내어

잘 있느냐고
잘 있었다고
잘 있으라고
잘 있을 것이라고

아마도 나는 오늘
바람이 되고 싶고
구름이 되고 싶은가보다

가볍고 가벼운 전화 음성이 되고 싶은가보다
나는 지금 자전거를 끌고
개울길을 따라가면서
너에게 전화를
걸고 있는 중이다.

명사산 추억

헛소리 하지 말아라
누가 뭐래도 인생은 허무한 것이다
먼지 날리는 이 모래도 한 때는 바위였고
새하얀 조그만 뼈 조각 하나도 한 때는
용사의 어깨였으며 미인의 얼굴이었다

두 번 말하지 말아라
아무리 우겨도 인생은 고해 그것이다
즐거울 생각 아예 하지 말고
좋은 일 너무 많이 꿈꾸지 말아라
해 으스름 녘 모래 능선을 타고 넘어가는
어미낙타의 서러운 울음소리를 들어 보아라

하지만 어디선가 또다시 바람이 인다
높은 가지 나무에 모래바람 소리가 간다
가슴이 따라서 두근거려진다
그렇다면 누군가 두고 온 한 사람이 보고 싶은 거다
또다시 누군가를 다시 사랑하고 싶어

마음이 안달해서 그러는 것이다

꿈꾸라 그리워하라 깊이, 오래 사랑하라
우리가 잠들고 쉬고 잠시 즐거운 것도
다시금 고통을 당하기 위해서이고
고통의 바다 세상 속으로 돌아가기 위함이다
그리하여 또다시 새롭게 꿈꾸고 그리워하고
깊이, 오래 사랑하기 위함이다.

납작 업드리다

어머니 친상을 당해
찾아오는 손님들마다 큰절을 드렸다
옛날 예법 그대로 미안하고
죄스런 마음에서 그랬을 것이다

처음엔 머리를 바닥에 조아리긴 했지만
궁둥이를 조금 들고 큰절을 했다
자세도 불편하고 마음도 불편했다
보는 사람들도 그랬을 것이다

왜 사람은 절을 할까?
나는 당신의 적수가 아닙니다
나는 당신에게 이미 졌습니다
나는 온전히 나를 내려놓습니다
그런 뜻으로 절을 하는 것은 아닐까!

그러하다
절을 하는 동물은 인간밖에는 없다

생각 끝에 궁둥이를 더욱 내리고
납작 엎드려 절을 하기로 했다
마음이 점점 편해지기 시작했다

될수록 납작 업드려 절을 드려라
그것이 사는 길이고 이기는 방법이란다
어머니 가시는 마당에 한 수
가르쳐주고 가셨다.

232

아들아 잘 가

세상일 바쁘다는 핑계로
자주 찾지 못한 고향 집
모처럼 찾아가니
늙으신 어머니 더욱 늙었고
몸집이 더욱 작아지셨다
그러나 모처럼 아들 만난 기쁨에
어머니 얼굴은 꽃송이
방글방글 웃으시는 달덩이
오래 당신 옆에 있지도 못하고
또다시 고향 집 떠나올 때
마루에서 내려 토방에서 내려
휠체어 타고
대문간 지나 바깥마당까지 나와서
아들을 바라보시는 어머니
아들이 어른 같고 어머니가 아이만 같아
마음 아프다
어머니 다음에 또 오겠습니다
아들의 인사말에 문득 아들아 잘 가

한 번도 들어보지 못한
어머니의 인사말
아들아 잘 가
그 인사말에 가슴이 무너져 내린다
네 어머니 다시 또 오겠습니다
어머니 뵈러 다시 오겠습니다
…… 이것이 영이별이라도 되는 것일까
어머니 말씀에 눈물이 솟아
무너지는 마음
네 어머니 네 어머니
다시 돌아오겠습니다
어머니 뵈러 다시 돌아오겠습니다.

233

여행자에게

풍경이 너무 맘에 들어도
풍경이 되려고 하지는 말아라

풍경이 되는 순간
그리움을 잃고 사랑을 잃고
그대 자신마저도 잃을 것이다

다만 멀리서 지금처럼
그리워하기만 하라.

234

너무 늦게 슬픈 아들

너무 늦게 어머니를
잃었습니다
너무 늦게 슬픈 아들이
되었습니다

그래도 마음이 아픕니다
그래도 하늘이 허전합니다
땅이 쓸쓸합니다

이제는 허전한 하늘이 되신
어머니
쓸쓸한 땅이 되신
어머니

그 어머니 모시고
천천히, 부지런히
잘 살겠습니다
고마웠습니다.

235

휠체어 빌려 타고

- 어머니 삼우

어머니 마지막 며칠
비몽사몽 간 병상에서 하신 말씀
금매 가자 금매 가자
어떻게 억지 좀 해봐
억지로라도 휠체어 빌려 타고
금매복지원 마지막 몇 달 보내신 곳
따뜻하고 조용한 그곳
데려가 달라는 소원 들어드리지 못해
미안합니다
많이 속상합니다
금매 가자 금매 가자
휠체어 빌려 타고 금매 가자
그러세요 어머니
이제는 휠체어 타지 말고
새색시 때 입었던 것처럼
유똥 치마저고리
깨끼 치마저고리 곱게 차려입고

옷고름 산들바람에 날리며 가세요
하늘나라 먼저 가서 기다려주세요.

노래 방울

비 오는 날이지
날이 어둡고 우울하지
짜증도 나지
그렇다고 마음까지
비에 젖으면 안 되지

마음에 젖어드는 물방울들
튕겨내야지
튕겨내더라도 세차게 힘차게
리드미컬하게 튕겨내야지
통, 통, 통, 통

그래, 비 오는 소리로 말이야
어두운 마음 우울한 마음은 모두
빗방울이 가져가라고
빗방울에게 맡겨야지
끝내 우리는 환하고 밝은
맑은 날을 가슴에 품어야지

>

그래, 노래 방울이 되어야지
멀리까지 가는 메아리의 숲
새소리의 터널이 되어야지
얼마나 좋겠니?

237

성공한 사람

모르면 몰라도
성공한 사람이란
청소년 시절 그가 가졌던 꿈
자기가 되고 싶었던
자기에 대한 생각을
평생 잊어버리지 않고
가슴속에 간직하면서 살아
나이 든 사람이 되었을 때
비로소 그 사람을 자기 안에서
만나는 사람일 거야
그 사람이 되기 위해
끊임없이 노력하는 사람일 거야
그래 너의 꿈은 무엇이니?
네가 되고 싶은 사람은
어떤 사람이니?
부디 그 사람을 나중에
너도 만나기 바란다

나도 지금, 그 사람을
만나러 가는 중이란다.

너무 잘하려고 애쓰지 마라

너, 너무 잘하려고 애쓰지 마라
오늘 일은 오늘의 일로 충분했다
조금쯤 모자라거나 비뚤어진 구석이 있다면
내일 다시 하거나 내일
다시 고쳐서 하면 된다
조그마한 성공도 성공이다
그만큼에서 그치거나 만족하라는 말이 아니고
작은 성공을 슬퍼하거나
그것을 빌미 삼아 스스로를 나무라거나
힘들게 하지 말자는 말이다
나는 오늘도 많은 일들과 만났고
견딜 수 없는 일들까지 견뎠다
나름대로 최선을 다한 셈이다
그렇다면 나 자신을 오히려 칭찬해 주고
보듬어 껴안아 줄 일이다
오늘을 믿고 기대한 것처럼
내일을 또 믿고 기대해라

오늘의 일은 오늘의 일로 충분했다
너, 너무도 잘하려고 애쓰지 마라.

239

어리신 어머니

어머니 돌아가시면 가슴속에
또 다른 어머니가 태어납니다

상가에 와서 어떤 시인이
위로해주고 간 말이다

어머니, 어머니, 살아계실 때
잘해드리지 못해 죄송해요

부디 제 마음속에 다시 태어나
어리신 어머니로 자라주세요

저와 함께 웃고 얘기하고
먼 나라 여행도 다니고 그래 주세요.

빈자리

누군가 아름답게
비워둔 자리
누군가 깨끗하게
남겨둔 자리

그 자리에 앉을 때
나도 향기가 되고
고운 새소리 되고
꽃이 됩니다

나도 누군가에게
아름답고 깨끗하게
비워둔 자리이고 싶습니다.

나도 누군가에게
아름답고 깨끗하게
비워둔 자리이고 싶습니다.